예뻐지고 싶어

예뻐지고 싶어

야나 프라이 지음 | 장혜경 옮김

지상의책

미하엘 H. 를 위하여

Contents

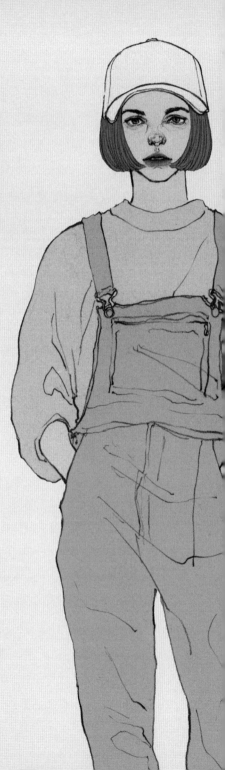

예뻐. 예뻐. 예뻐. 예뻐. 예뻐. 예뻐. 예뻐. 예뻐.

여름 해변은 예쁘다. 화창한 하늘은 예쁘다. 해바라기는 예쁘다. 샌프란
시스코의 금문교는 예쁘다. 지난가을의 베네치아는 예뻤다. 노르웨이의
메테-마릿 왕세자비는 예쁘다. 대서양도 예쁘다. 목련도 예쁘다. 영화
〈프리티 우먼〉의 여주인공도 예쁘다.
4월의 파리는 예쁘다. 눈이 부시다. 서로를 바라보며 진분홍빛 머리와
기다란 목으로 하트를 만드는 플라밍고 무희들은 예쁘다. 우리 언니 한
나는 예쁘다. 모네의 〈정원〉에 담긴 수련 연못은 예쁘다. 우리 엄마도
예쁘다. 미리암도 예쁘다. 미리암은 나랑 제일 친한 친구이다. 붉은 줄
무늬의 우리 고양이 미스 마플도 예쁘다. 8월의 소나기는 예쁘다. 10월
의 낙엽은 예쁘다. 비 온 뒤 햇살에 반짝이는 거미줄은 예쁘다. 키 큰 나
무를 스치는 바람은 예쁘다. 흘러가는 구름도, 팔락이는 나비도 예쁘다.
붉게 타는 모닥불도, 탐스럽게 내리는 하얀 눈도 예쁘다. 반짝이는 호수
와 돛단배, 가득 찬 빗물 통에서 똑똑 떨어지는 물방울도 예쁘다. 방금
자른 수박, 꿀이 가득 든 벌집, 활짝 핀 유채꽃밭, 강물을 가르는 물고기
는 예쁘다. 겨울철 내 방 창문에 매달려 반짝거리는 고드름도 예쁘다.

나만 안 예쁘다.

1악장

1

"너 요즘 무슨 일 있니?"

엄마가 묻는다.

아무 일 없어, 라고 나는 대답한다.

"요새 왜 그래?"

언니가 묻는다.

아무것도 아냐, 라고 나는 대답한다.

"헬레나, 무슨 일 있어?"

미리암이 물으며 미스 마플을 쓰다듬는다. 아무것도 아냐, 라고 나는 대답한다. 아니, 아무것도 아냐, 아무 일 없어.

내 이름은 헬레나다. 그리스 신화에 나오는 아름다운 헬레나처럼. 세상에서 제일 예쁜 미녀. 그녀 때문에 트로이 전쟁이 일어났다. 그녀가 너무 예뻤기 때문에.

하지만 나는 안 예쁘다. 나는 예쁜 헬레나가 아니다. 나는 나고 그래서 나는 나를 미워한다. 그래서 나는 숨이 막힌다.

엄마는 예쁘다. 우리 언니 한나도 예쁘다.

나는?

나는 아빠를 닮았다. 우리를 버리고 떠난 영국 남자. 모두가 그렇게 말했다. 한나는 엄마를 닮았고 나는 우리 아빠 딜란을 닮았다고.

나는 키가 크다. 한나보다 머리 하나는 더 크다. 머리카락은 칙칙한 금발이고 늘 헝클어져 있다. 코커스패니얼 털처럼. 내 눈동자는 회색과 초록색, 갈색이 섞여 있다.

"빗물 웅덩이 같아."

어렸을 적에 절친 슈테파노가 내 눈을 보며 그렇게 말했다.

피부색은 하얗다. 피부가 너무 하얘서 햇볕에 나가면 멋지게 타기도 전에 새빨갛게 익어 버린다.

학교에서 놀이공원으로 소풍을 간 적이 있다. 2년 전이니까 7학년 때였다. 거기에 유령의 집이 있었다. 입구에 애들이 바글바글했다. 나는 미리암과 슈테파노 사이에 끼어 좁은 입구를 통과했다.

프랑켄슈타인, 고질라, 목 없는 미라, 늑대 인간……. 온갖 괴물들이 나타났다. 그리고 맨 마지막 방에 붙어 있던 일그러지는 거울 세 개…….

첫 번째 거울에 비친 나는 키가 장대만 했다. 얼굴은 창백했고 머리는 산발이었으며 팔은 바닥에 닿을 만큼 축 늘어져서 흉측하게 흔들거렸다. 옆으로 쭉 찢어진 두 눈이 나를 뚫어져라 노려보았다. 나는 내 코를 쳐다보았다. 아빠의 코를. 그리고 우리의 턱을 보았다. 아빠의 턱과 나의 턱을. 너무나 충격적이었다.

"우리 좀 봐. 완전 끔찍해."

두 번째 거울을 보며 슈테파노가 깔깔 웃었다.

"빨리 찍어. 이건 놓치면 안 되지."

슈테파노가 순식간에 팔을 뻗어 우리 옆쪽 벽에 붙은 빨간 버튼을 눌렀다. 찰칵. 하지만 나는 벌써 뒤로 몸을 뺀 뒤였다.

"헬레나, 너 때문에 다 흔들렸잖아."

뒤에서 슈테파노가 고함을 질렀다. 그러거나 말거나 상관없었다. 금방이라도 울음이 터질 것만 같아 나는 허겁지겁 밖으로 뛰쳐나갔다. 밖으로 나왔어도 멈추지 않고 계속 달려 화장실로 들어갔다. 아무도 못 보게 숨고 싶었다.

나와 이 코와 이 턱을 아무도 못 보게.

족히 30분은 그곳에 있었을 것이다. 온몸이 마비된 것 같았다. 꼼짝도 할 수 없었다.

그 사진은 지금도 온갖 것이 덕지덕지 붙은 슈테파노의 책상 위 보드판에 붙어 있다. 슈테파노와 미리암과 도망치는 그림자. 흔들린 회색 그림자.

첫 번째 거울에는 미리암이 있다. 몸은 이상하게 길고 두 팔은 축

늘어진 미리암이. 삐쩍 마르고 키가 장대만 한 슈테파노도 있다. 히
죽 웃는 그의 입은 개구리 입처럼 찢어졌다. 신이 나서 손짓하는 팔
은 속을 꽉 채운 작은 자루같이 짧고 뭉툭하며, 똥배처럼 짜부라진
상체에 붙어 흔들거린다. 그리고 나는 세 번째 거울 앞에 있다. 윤곽
도 없는 흐릿한 그림자로만.

코도 없고 턱도 없다.

다행이다. 다행이다. 정말 다행이다.

아빠는 내가 학교에 들어갈 무렵 우리를 떠났다. 극작가였던 아빠
는 함께 일하던 여배우와 바람이 났다. 젊고 예쁜 여배우였다. 그 여
자와 영국으로 가 버렸다. 런던 외곽으로. 그리고 두 아이를 낳았다.

남자는 사실 외모가 크게 중요하지 않다. 게다가 아빠의 두 아이
는 아무도 아빠의 코를 닮지 않았다. 턱도 안 닮았다. 나만, 나 혼자
만 아빠를 닮았다.

어릴 적에 나는 그냥 나였다.

"우리 예쁜 딸들."

엄마는 우리를 그렇게 불렀다.

그럼 한나는 어깨를 으쓱하며 말했다.

"고슴도치도 자기 새끼는 예쁘지."

"아냐, 우리 딸들은 진짜로 예뻐."

엄마는 그렇게 대답하고 우리를 꽉 끌어안았다.

사실 딱 두 마디 말이었다. 나를 나로 볼 수 없게 만든 것은. 그 두 마디가 모든 것을 바꿔 버렸다. 나는 절대, 절대, 절대 그 말을 잊지 못할 것이다.

처음은 작년 미술 시간이었다.

새로 온 미술 선생님이 목탄 스케치를 시켰다. 첫 시간엔 돌을 그렸고, 두 번째 시간엔 아무것이나 보고 그림자를 그렸는데……. 그다음 시간엔 옆자리 짝꿍을 그리라고 했다. 자세하게는 말고 프로필만 빠르게 스케치하면 되었다.

6월이었다. 내 열다섯 살 생일이 막 지났을 무렵이었다. 폭우가 쏟아져서 교실 저 위쪽 창문을 때리는 빗소리가 요란했다.

미리암과 나는 말다툼을 했다. 그날 오전에 일어났던 일들은 모두 기억하지만 유일하게 왜 말다툼을 했는지는 생각나지 않는다. 어쨌든 그 시간에는 미리암이 내가 아니라 콘스탄틴 옆자리로 가 버렸다. 내 옆에는 헨리가 앉았다.

나는 멍하니 앉아 있었다. 그림 모델이 되고 싶지 않았다, 절대로. 더구나 헨리한테는. 머릿속에 솜뭉치가 가득 찬 것만 같았다. 멀리 도망가고 싶었다. 하지만 그럴 수는 없었다. 나는 내 자리에 앉아서 안절부절못했다. 왜, 왜, 왜 이런 한심한 짓을 시키는 것일까?

수학은 필요하다. 외국어도 필요하다. 괴테나 실러, 페터 한트케와 막스 프리쉬 같은 대작가들의 책도 읽을 필요가 있을 것이다. 물론 《햄릿》도. 하지만 잘 부스러지는 얇은 목탄 연필로 서로의 얼굴을 그리는 짓은 필요하지 않다. 정말 아무짝에도 쓸모없는 짓이다.

그 순간 헨리가 중얼거렸다.

"아, 코가 특이하게 생겨서 그리기 엄청 힘들잖아."

그는 이마를 잔뜩 찌푸리고서 뺨에 검은 목탄 얼룩을 묻힌 채 엉클어진 머리로 스케치북을 무릎에 올려놓고 앉아 있었다.

그가 나를 바라보았다.

아무 느낌도 없었다. 아무 느낌도, 정말 아무런 느낌도 없었다.

"나…… 금방 올게."

나는 뭐에 홀린 사람처럼 이렇게 중얼거리며 의자에서 일어났다. 식은땀이 나면서 으슬으슬 추웠다. 아픈 것도 같았고 온몸을 두들겨 맞은 것도 같았고 약에 취한 것도 같았다.

"어, 빨리 와."

아무것도 눈치채지 못한 헨리는 고개를 끄덕이며 계속 스케치북에 그림을 그리고 있었다. 나는 스케치북 쪽으로 가려는 내 눈길을 억지로 붙들었다. 그리고 아무도 모르게 살금살금 걸어서 시끄러운 미술실 한가운데를 지난 후 유령의 집에서 그랬던 것처럼 얼른 화장실로 도망을 쳤다.

"어딜 갔다 오느라 이제 와?"

다음 시간에 헨리가 물었다.

"그냥…… 뭐…… 그냥."

나는 그의 눈을 피하며 얼버무렸다.

내 얼굴이 상처 같았다.

그 미술 시간 이후 내 얼굴은 상처였다.

이제 나는 성하지 않았다. 큰 상처를 입었다.

"그래도 스케치는 냈어."

헨리가 어깨를 으쓱하며 말했다.

"어차피 거의 완성되었거든. 네 스케치북도 같이 냈어."

"고마워."

나는 기어들어 가는 목소리로 대답하고 얼른 내 자리에 앉았다.

헨리는 착한 아이다. 오늘도 착했다. 하지만 그는 내게 상처를 주었다. 아마 별생각 없이 한 말일 것이다. 나는 평생 그 말을 잊을 수 없을 테지만.

두 번째는 지난겨울 미리암의 열여섯 번째 생일날이었다. 슈테파노도 생일 파티에 왔다. 새 컴퓨터를 장만했다면서 쓰던 컴퓨터를 선물로 들고 와 미리암을 놀라게 했다. 슈테파노는 집이 부자다. 그래서 뭐든 잘 나누어 준다.

우리는 함께 컴퓨터 게임을 했다. 각자 캐릭터를 설정해서 머리카락과 눈 색깔을 정하고, 안경을 씌우고 옷을 입히고 집도 지어 주는 게임이었다. 캐릭터의 친구도 만들어서 마찬가지로 머리카락 색깔, 피부 색깔, 별자리, 성격, 기호를 정해 주어야 했다.

멋진 신세계.

마우스를 몇 번 클릭하기만 하면 아기가 어린이가 되고 청소년이 되었다가 어른이 되고 다시 할아버지가 되었다.

쏜살같이 빠른 인생.

또 마우스를 클릭하면 그들은 서로 키스를 하고 섹스를 하고 임신을 했고, 일자리를 잃거나 승진을 하고 싸우고 먹고 속이고 뚱뚱해지다가 결국 세상을 떠났다.

슈테파노는 깔깔 웃으면서 각종 헤어스타일과 눈, 코, 얼굴 모양을 클릭했다.

"정말 없는 게 없네."

그가 고개를 저으며 말했다.

"계란형 얼굴, 펑크스타일 머리, 큰 가슴, 뾰쪽 코, 늘어진 배……."

슈테파노는 다시 마우스를 클릭하면서 입에서 턱으로 넘어갔다.

"사각 턱, 두 겹 턱, 클레오파트라 턱, 별게 별게 다 있어."

그가 웃었다.

"헬레나 같은 엉덩이 턱만 없네. 헬레나, 어떻게 해?"

나는 내 손만 빤히 쳐다보았다. 그 하루가 충격과 수치, 당황의 소용돌이로 빨려 들어갔다.

파티에는 음악과 과자, 케이크, 콜라에 샴페인까지 있었다. 콘스탄틴도 참석했다. 휠라와 카를로타도 왔고 우리 반 친구들도 몇 명 왔다. 방에는 파티 장식이 요란했고 미리암의 엄마는 채식을 하는 딸을 위해 특별히 채식 피자도 만들었다. 하지만 그 말을 들은 순간부터 아무것도 눈에 들어오지 않았다. 나는 폭풍의 한가운데로 휩쓸려 들어간 한 줄기 미풍이었다. 한낱 연약한 산들바람이었다.

아빠의 코, 아빠의 턱.

다른 것은 다 참을 만했다. 머리카락, 창백한 피부, 빗물 웅덩이 같은 눈동자. 하지만 코는 그렇지 못했다. 턱은 참기 힘들었다.

나는 못생겼다.

헨리와 슈테파노는 눈 달린 사람이면 누구나 볼 수 있는 것을 입 밖으로 뱉었을 뿐이다. 진실을 말했을 뿐이다.

2

할머니는 두 분 다 안 계신다. 한 분은 돌아가셨고 한 분은 실종되었다.

외할머니는 한나와 내가 아주 어릴 적에 암으로 돌아가셨다. 그래서 기억도 잘 나지 않는다. 가족 앨범에 사진이 한 장 있는데, 할머니가 한나와 나를 품에 안고서 우리 집 거실에 앉아 있다. 나는 돌이 갓지났고 한나는 나보다 한 살이 더 많다. 사진 속 할머니는 활짝 웃으면서 우리를 꼭 끌어안고 있다. 엄마와 한나처럼 갈색 곱슬머리이다. 검은 눈동자의 크고 예쁜 눈도 똑같고 웃는 입꼬리 모양까지 똑같다.

친할머니는 오래전에 종적을 감추었다. 할머니의 흔적도 차츰차츰 사라졌다. 한나와 나는 한 번도 할머니를 본 적이 없다. 아마 할머니는 우리의 존재도 모를 것이다. 우리와 아빠의 새 자식들을.

"영국 소도시가 답답해서 그랬을 거야. 내가 열 살 때였는데 자고 일어나 보니까 엄마가 없어졌어."

예전에 아빠가 할머니 이야기를 들려 준 적이 있었다.

"전날 네 할아버지랑 대판 싸웠거든. 그리고 이튿날 집을 나가 버렸어. 나를 남겨 두고. 그 직후에 우리는 독일로 건너왔고."

아빠가 나를 빤히 쳐다보았다.

"엄마가 정말로 떠나 버렸다는 사실을 한참 동안 인정할 수가 없었지…… 엄마가 우리를 버렸다고, 다시는 돌아오지 않을 거라고 생각하지 않았어. 난 늘 엄마를 기다렸어. 오랫동안……"

아빠가 고개를 저었다. 그래도 한동안은 할머니가 편지를 보냈다고 했다. 한 번은 뉴욕에서, 또 한 번은 멜버른에서, 또 한 번은 가까운 곳 파리에서. 하지만 결코 집으로 돌아오지 않았다. 그리고 언젠가부터 편지마저 오지 않았다.

"죽었어."

할아버지, 그러니까 아빠의 아빠가 투덜거렸다.

"죽은 거야. 그렇지 않으면 이렇게……"

우리 집 가족 앨범에도 할머니의 사진이 한 장 들어 있다. 나한테는 소름이 끼칠 만큼 끔찍한 사진. 키도 크고 덩치도 큰 여자가 있다. 옅은 색깔의 헝클어진 머리, 창백한 피부, 들창코, 한가운데가 푹 파인 턱.

가끔 나는 물거품이 되어 사라지고 싶다는 생각을 한다.

스칼렛 요한슨은 예쁘다. 아만다 사이프리드는 예쁘다. 젊지 않아도 예쁠 수 있다. 오드리 햅번은 나이가 들어도 너무너무 예뻤다. 나오미 캠벨은 예쁜 흑인이다. 제니퍼 로렌스는 좀 통통해도 예쁘다. 케이트 모스는 끔찍할 정도로 말랐지만 그래도 정말 예쁘다.

미리암의 엄마는 얼굴에 온통 주근깨가 가득하다. 입술에도 주근깨가 있다. 그래도 예쁘다. 아줌마는 주근깨 때문에 예쁜 거라고 말한다. 우리 반 휠라는 키가 150센티미터밖에 안 되지만 얼굴이 예쁘고 균형이 잘 잡혔다. 코도 작고 턱도 웬만하며 눈동자가 검은 눈은 크고 깊은 데다 속눈썹은 내가 아는 사람 중에서 제일 길고 예쁘다. 헨리는 2년 전부터 휠라를 짝사랑하고 있다. 우리 학교에서 그 사실을 모르는 사람이 없다. 11학년의 벤 오빠는 미리암을 좋아한다.

나는 아무도 좋아하지 않는다.

나는 못생겼으니까. 나는 나니까.

코가 이 모양이고 턱이 이 모양이니까.

가끔 나는 내가 정말로 미워질까 봐 겁이 난다. 내가, 내 얼굴이 미워질까 봐.

우리가 사는 곳은 교외이다. 우리 집 앞 도로에서 쭉 내려가면 비포장 들길이 나오고 그 들길을 따라가면 밤나무 숲이 나온다.

한나와 나와 슈테파노는 예전에 이 숲을 항상 '우리 숲'이라고 불렀다.

그 밤나무 숲도 예쁘다. 정말 예쁘다. 여름에 해가 질 무렵엔 찌르레기 떼가 몰려온다. 그것들이 밤을 나려고 소나기처럼 밤나무 숲으로 날아올 때면 한순간 하늘이 어두컴컴해진다. 해 질 무렵 우리는 그 장관을 보려고 자주 우리 숲에 놀러 갔다. 숨이 멎을 만큼 아름다운 장관이다.

3

예쁘다.

이 세상 모든 것은 두 가지로 나뉜다. 예쁜 것과 안 예쁜 것.

늦여름의 하늘을 날아다니는 잠자리는 예쁘다.
그래서 나는 여름이 아닌 계절엔 늘 여름이 오기만 기다린다.

국어 선생님이 편찮으셔서 한 주 내내 국어 시간에 자습을 했다.
그런데 금요일은 달랐다. 두 가지가 달랐다.
그날 아침 학교 가는 길에 소나기가 내렸다.
The rain beat hard on me and there was a fast rack riding the sky.
비는 세차게 나를 때렸고 하늘에는 조각구름이 휘날렸다.
가끔씩 나는 혼자 있을 때 영어로 생각을 한다. 하지만 가만히 되
돌아보면 아빠는 우리랑 말할 때 거의 독일어를 썼다.

앞에서도 말했듯 소나기가 내린 그날은 두 가지가 달랐다.
첫째, 자디스가 왔다.

"자디스가 오늘부터 우리 반에서 같이 공부할 거예요."

담임선생님이 이렇게 말하면서 교실을 살폈다.

"책상이 없구나. 책상을 하나 가져와야겠어."

선생님은 헨리와 슈테파노를 비품 담당 선생님께 보냈다.

나는 자디스를 쳐다보았다. 다른 아이들도 자디스를 쳐다보았다. 전학을 오면 누구나 친구들의 관심을 피할 수 없다. 예쁘건, 못생겼건, 뚱뚱하건, 키가 크건, 작건, 보통이건, 별스럽게 생겼건.

새 친구는 새 친구니까 그 사실만으로 관심을 끌기 마련이다.

"자디스는 미국에서 왔어요."

헨리와 슈테파노가 책상을 가지러 간 사이에 담임선생님이 우리에게 자디스를 소개했다.

"미국 어디지? 자디스?"

"코네티컷이요."

자디스가 대답하면서 등에 매고 있던 가방을 벗었다.

"코네티컷 노스필드요. 따분하고 조용한 작은 도시예요."

숨이 턱 막혔다. 코네티컷에서 온 소녀는 키가 크고 예뻤다. 옅은 색 눈동자에 얼굴도 예쁘고 몸매도 날씬했다. 손과 가슴, 배와 눈빛……. 정말 모든 것이 완벽했다. 그 순간 헨리와 슈테파노가 낑낑거리면서 책상을 들고 왔다.

"저기 벽 쪽에다 두렴."

선생님이 사물함 옆의 벽 쪽을 가리켰다. 그렇게 해서 자디스가 내 옆에 앉게 되었다. 내 자리는 미리암의 옆자리지만 제일 바깥 줄이었다. 나는 입을 꾹 다물고 슈테파노와 헨리가 내 자리와 벽 사이에 새 책상을 밀어 넣는 모습을 지켜보았다. 자디스가 와서 의자에 앉았다.

"안녕."

그녀가 내게 인사를 했다.

"안녕."

나도 인사했다.

자디스는 예쁘다. 일출은 예쁘다. 하늘을 나는 학은 예쁘다. 스웨덴의 호수는 예쁘다. 라고메라 섬은 예쁘다. 장미는 예쁘다.

담임선생님이 칠판에 방정식을 썼다. x를 구하는 방정식이었다.

"자디스, 그냥 베껴 써서 풀어 봐라."

자디스는 고개를 끄덕이고 가방에서 노트와 필통을 꺼냈다. 나는 몰래 그녀를 훔쳐보았다. 저렇게 예쁘면 기분이 어떨까? 자디스가 되고 싶었다. 꼭 저렇게. 자디스가 옷을 잘 입어서가 아니었다. 화장을 잘해서도 아니었다. 그냥 자디스니까, 예쁘니까, 자디스처럼 되고 싶었다. 삶이 아름다울 것이다. 자디스처럼 생기면.

수업 시작종이 울렸다. 오늘은 자습이 아니었다. 병가 중인 국어 선생님 대신 젊은 교생 선생님이 들어왔다. 그날의 두 번째로 다른 점이었다.

"어때?"

미리암이 내 왼쪽의 자디스를 가리키며 속삭였다. 나는 어깨를 으
쓱했다.

"카를로타는 바비 인형 같대."

미리암이 소리 죽여 말했다. 나는 아무 대답도 하지 않았다. 나 대
신 교생 선생님이 말했다.

"오, 이 학급은 학생 수가 제법 많네."

그가 출석부를 뒤적였다.

"36명이라. 아니, 37명이네."

서른일곱 번째 학생이 자디스였다.

"뭐 어쨌든, 오늘 우리는 게임을 할 거야. 자기 이름 철자로 재미
있는 시를 짓는 거지. 자신의 특징이나 소망, 관심 분야, 뭐 그런 것
을 써 보는 거야. 무엇이든 다 좋아."

"넌 이름이 뭐야?"

자디스가 종이와 연필을 꺼내면서 나한테 물었다. 나는 내 이름을
말해주면서 종이에 이렇게 적었다.

H는 Haesslich (못생겼다)

E는 Einsam (외롭다)

L는 Leise (조용하다)

E는 Elend (불행하다)

N는 Niedergeschlagen (의기소침하다)

A는 Alles Mist! (다 싫어!)

아냐아냐아냐. 이렇게 쓰면 안 돼. 나는 종이를 꾸겨 가방에 쑤셔 넣었다. 미리암이 열심히 시를 쓰고 있었다. 횔라도 쓰고 카를로타 와 헨리, 콘스탄틴도 쓰고 있었다. 슈테파노도 썼다. 모두가 열심히 썼다. 교실이 시끌벅적했다. 나는 자디스의 종이를 쳐다보았다. 슬 쩍 보니 미리암도 자디스가 뭘 쓰는지 훔쳐보고 있었다. 자디스는 이렇게 썼다.

J는 Joy (기쁘다)

A는 A happy day! (행복한 날!)

D는 Dancing in the sunshine (햇살을 받으며 추는 춤)

I는 Intrepid (용감하다)

S는 Sexappeal (섹시하다)

"Intrepid가 뭐야?"
미리암이 물었다.
"용감하다."
나도 모르게 총알처럼 대답이 튀어나갔다.

"맞아."

자디스가 나를 보며 웃었다.

기쁘다, 행복한 날, 햇살을 받으며 추는 춤, 용감하다, 섹시하다……. 나는 마지못해 다시 적었다.

H는 Harpe (얼마 전부터 배우는 하프)

E는 Elefant (내가 좋아하는 동물, 코끼리)

L는 Lustig (신난다)

E는 Eis am Stiel (아이스크림)

N는 Natuerlich Blond (자연스러운 금발 머리)

A는 Alles Super! (다 좋아!)

이렇게 해야 제출할 수 있다. 앞으로 불려 나가 읽을 수도 있었다. 게다가 미리암이나 자디스, 내 앞자리에 앉은 슈테파노가 내가 쓴 것을 훔쳐볼지도 모르는 일이었다.

"하프? 너 하프 켤 줄 알아?"

자디스가 물었다. 나는 고개를 끄덕였다.

"와, 진짜? 나 구경하러 가도 돼? 너 오늘 오후에 시간 있어? 나는 있는데. 내 주변에서 하프 켤 줄 아는 사람은 네가 처음이야."

자디스는 또 한 번 나를 향해 미소를 지었다.

그렇게 해서 나는 자디스를 우리 집으로 데리고 갔다. 가면서 보니 이름 철자 게임에서 지은 시들이 교실 벽에 쭉 붙어 있었다. 교생 선생님이 그걸 벽에 붙이라고 시켰나 보다.

"이걸 보면 친구들끼리 서로에 대해 더 잘 알 수 있을 거예요."

선생님은 교실을 나가면서 그렇게 말했다.

미리암은 A에 Adventure(모험)라고 적었다. 슈테파노는 F에 Fun(재미)이라고 적었다. 휠라는 H에 터키 말로 자유라는 뜻의 Hürriyet를 적었고 카를로타는 TT에 Total Toll(완전 멋져)라고 쓴 후 그 옆에 윙크하는 스마일 이모티콘을 덧붙였다.

어디를 가나 사람들이 웃고 있다. 버스에서도, 거리에서도, 극장 앞에 줄을 서서도, 수영장에서도, 에펠탑에서도, 아이스크림 가게에서도, 여름휴가를 떠나는 비행기 안에서도, 학교 운동장에서도, 턱관절 전문 정형외과에서도.

나는 항상 생각한다. 저 사람들은 날 보고 웃는 거야.

"우와, 장난 아니네."

그날 오후 내 방에 들어온 자디스가 방 안을 둘러보며 말했다.

"내 방이 이랬으면 엄마한테 등짝을 맞았을 거야."

나도 자디스를 따라 방을 둘러보았다. 하트 전구 장식, 태양 전구 장식, 정글 전구 장식, 코끼리 전구 장식이 여기저기 걸려 있었다. 어질러진 침대 옆에 흐느적거리는 해골이 기대어 서 있었다. 벼룩시장에서 싸게 사서 내가 기분 내키는 대로 형광 보라색으로 칠을 했다. 미리암이 벼룩시장에서 사서 (웃으며 "옜다! 네 남친이다!"라면서) 내열여섯 번째 생일 선물로 준 대리석 남자 반신상도 있었다. 대리석 남자는 할아버지 댁 다락에서 가져온 낡은 밀짚모자를 머리에 쓴 채로 도통 발 디딜 데라고는 없는 내 책상 옆에서 먼지를 잔뜩 뒤집어쓴 유카 화분과 자리다툼을 벌이고 있었다. 하프는 방 한가운데에 놓여 있었다.

"우리 엄마는 세상에서 제일 정리 정돈을 잘하는 사람이거든."

자디스가 그렇게 말하며 책장 제일 꼭대기에 앉아 있는 미스 마플을 고양이 장난감으로 유혹했다. 하지만 마스 마플은 가만히 쳐다보기만 했다.

"그럼 너희 엄마는 이 방보다 우리 언니 방을 더 좋아하시겠다."

나는 그렇게 말했다. 한나는 농구를 하느라 아직 집에 안 왔기 때문에 나는 자디스를 데리고 깔끔하게 정리된 한나의 방으로 갔다. 침대 위에 특별한 가족사진이 걸려 있었다. 우리 아빠가 새 아내와 두 어린 자식과 함께 있고 그 옆에 언니와 나와 엄마가 있었다. 이 사진이 우리의 유일한 가족사진이었다. 아빠가 최근 들어 거의 우리를 찾아오지 않았기 때문이다. 와 봤자 엄마와 계속 싸우기만 했으니까.

나는 자디스에게 누가 누구인지 설명해 주었다.

"언니랑 너는 진짜 안 닮았다."

자디스가 말했다. 미스 마플이 호기심에 우리를 따라왔기 때문에 자디스는 잠시 고양이를 쓰다듬었다. 자디스가 웃으며 말했다.

"언니는 슈퍼모델 대회 나가도 될 것 같아."

쾅, 쾅, 쾅.

모든 말이 돌이 되어 나를 때렸다. 나는 괜찮은 척했다. 하지만 하프는 도저히 연주할 수가 없었다. 손가락이 사시나무 떨듯 떨렸다.

"너희 언니 미인 대회 나가 본 적 있어?"

방을 나가면서 자디스가 물었다.

"아니."

나는 조심스럽게 한나의 방문을 닫으며 대답했다.

"하긴, 여긴 미국하고 다르지."

내 방으로 돌아온 자디스가 보라색 해골의 갈비뼈를 툭툭 치며 나를 향해 웃었다.

"미국은 미인 대회 천지야. 학교에서도 열고, 시에서도 열고, 마을에서도 열고, 완전 흔해."

자디스는 나의 왕좌에 앉았다. 오래전에 내가 스프레이를 뿌려 금박을 입힌 낡은 버드나무 의자 말이다. 그리고 나를 마치 남의 방에 잘못 들어온 사람처럼 빤히 쳐다보았다.

"헬레나, 네 눈 진짜 예뻐."

그녀는 쿠션을 끌어안으며 말했다.

"마녀처럼 초록색이야. 넌 좀 더 가꿀 필요가 있어. 넌 절대 못생기지 않았으니까."

쾅, 쾅, 쾅.

조금 전 한나의 방에서와는 다른 돌이 날아왔다. 머리부터 발끝까지 떨렸지만 나는 이를 앙다물었다. 너무 꽉 다물어 턱이 아플 지경이었다.

이제 그만해. 더는 아무 말도 듣고 싶지 않아. 정말로 아무 말도 듣고 싶지 않아.

The day went to twilight. The rain got cold.

날이 저물었다. 비가 차가워졌다.

4

그날 밤 욕실에서 나를 쳐다보았다. 내 눈을 가만히 들여다보았다. 내 눈빛이 진지했다. 거울 속 눈빛도 진지했다. 초록빛 회갈색. 내 눈은 초록빛 회갈색이고 무표정이며 진지했다. 내 눈썹은 한나의 눈썹보다 훨씬 색깔이 연하다. 속눈썹도 별스러울 것이 없다.

별스러운 것은 코밖에 없다. 별스러운 것은 턱밖에 없다. 내 코와 내 턱에 붙은 것은 전부 잘못되었다.

"넌 좀 더 가꿀 필요가 있어."

자디스는 말했다.

대체 어떻게 하란 말이야? 뭘? 어떻게?

나는 코끝을 차가운 거울에 갖다 댔다.

코끝, 코.

그 말만 떠올려도 기분이 나쁘다.

들창코, 푹 파인 엉덩이 턱.

성난 황소처럼 뜨거운 물을 가장 높은 온도까지 틀었다. 거울에 김이 서리자 내가 사라졌다. 다행스럽게도.

욕실을 떠도는 나의 숨결만이 내가 아직 거기 있다는 눈먼 증인이었다.

 그날 밤에 꿈을 꾸었다. 나와 나의 얼굴이 나왔다. 흐리고 어지러운 꿈은 깨자마자 기억에서 사라졌다. 하지만 잠에서 깼을 때 내 얼굴은 눈물범벅이었다. 온몸도 땀으로 흠뻑 젖어 있었다.

5

자디스가 전학 온 지 얼마 안 되었을 때였다. 가을이었지만 아직 날씨는 더웠다. 체육 시간이었다.

"이번 시간에는 배구를 합니다."

체육 선생님이 우리에게 비품 창고에 가서 배구 지주를 가지고 오라고 시켰다.

"그게 안 보여. 사흘째 안 보인다고."

비품 담당 선생님이 짜증을 내며 배를 긁적였다.

"어느 반에서 쓰고 안 가져다 놓은 거야. 안 망가뜨리면 안 갖다 놓고, 갖다 놓으면 망가뜨리고, 너희들은 정말 구제 불능이야."

선생님이 비품 창고를 뒤지다가 공에 걸려 넘어질 뻔했다. 원래 공을 두어야 할 자리가 아니었다.

"에잇! 이게 뭐야."

그가 짜증을 내며 우리를 쳐다보았다. 그러다가 갑자기, 정말로 느닷없이 나를 빤히 보며 말했다.

"지주가 없어도 되겠구먼. 네 코에 그물을 걸면 되겠네."

그 말을 내뱉더니 선생님은 깔깔깔 웃었다. 화가 나서 죽을 것 같은 사람의 웃음이었다. 다행히 어찌어찌 지주를 찾았고 우리 반은 배구 시합을 할 수 있었다. 하지만 나는 할 수 없었다.

그곳에 있지 않았기 때문이다.

누가 그 말을 들었을까? 누가? 누가? 누가?

선생님이 내 코를 들먹였을 때 누가 비품 창고에 있었을까? 웃음소리는 못 들었다. 하지만 어차피 너무 놀라 아무 소리도 듣지 못했다.

내 귀엔 내 몸속에서 핏줄이 고동치며 세차게 흐르는 소리만 들렸다. 내 몸이 깊은 물속으로 가라앉은 느낌이었다.

비품 담당 선생님은 삐쩍 마른 중년의 남자인데 시력이 너무 나쁘다. 한쪽 눈은 백내장이고 다른 쪽 눈은 사시이다. 그래서 늘 백지장처럼 하얗고 뾰족한 얼굴에 삐딱하게 안경을 걸치고 다닌다. 안경알이 유리창만큼이나 두껍다. 머리는 산발인 데다 언제 감았는지 늘 떡이 져 있고 배는 남산만큼 불룩하다.

"못생긴 주제에."

나는 덤덤하게 속삭였다.

"못생긴 주제에."

그러나 누구한테 한 말인지 나도 알 수가 없었다.

체육관 뒤편의 잔디밭엔 오늘따라 까마귀가 많다. 까마귀는 못생겼다.

아닌가?

누군가에게 속마음을 털어놓고 싶다. 그런데 누구에게 해야 할지 모르겠다. 미리암? 엄마? 한나? 자디스? 휠라?

며칠 후 할아버지 댁을 찾아갔다. 같은 도시지만 우리 집과 정반대 쪽에 있는 작은 집이다. 할아버지는 그곳에서 루트 할머니랑 살고 있다. 우리 할머니가 집을 나간 후 독일에서 만난 분이다. 결혼 생활이 파탄 나고 아들과 달랑 둘만 남자 할아버지는 직장을 핑계로 도피하다시피 독일로 건너왔다.

루트 할머니는 우리 아빠를 키워 준 분이다. 그러니까 우리 아빠의 계모이고, 우리 자매에겐 계조모이다. 할머니는 키가 우리 반의 휠라만큼 작고 고양이를 무지 좋아한다. 그 집에는 미스 마플의 엄마와 자매들이 살고 있다. 할아버지는 천식을 앓는 뚱뚱한 노인이다. 더부룩한 백발은 늘 엉클어져 있다.

"헬로, 헬레나 네가 웬일이냐."

문을 열어 준 할아버지가 영어로 인사를 했다. 손에는 톨스토이의 《전쟁과 평화》를 들고 있었다. 할아버지는 집에 있을 때면 하루 종일 책만 읽는다. 결말이 마음에 안 들면 책에다 다른 결말을 적어 넣는다. 그래서 《죄와 벌》도 고쳐 썼고 《바람과 함께 사라지다》도 결말을 바꿔 버렸다.

"루트, 이리 와 봐. 누가 왔는지."

미스 마플의 엄마가 내 다리를 스치며 야옹 하고 울었다. 할아버지가 책을 덮어 거실 탁자에 산처럼 쌓아 둔 책 더미에 내려놓을 동안 나는 고양이를 쓰다듬었다.

루트 할머니가 내게 미소를 짓더니 주스와 과자를 가지러 부엌으로 들어갔다. 나는 할머니의 뒷모습을 바라보면서 우리 가족 앨범에 들어 있는 사진을 떠올렸다. 실종된 키 큰 우리 할머니의 사진을.

이보다 더 다를 수는 없을 것이다. 루트 할머니는 체구가 작고 약하고 귀여운 분이다. 휘어진 작은 코에 부드러운 턱, 하늘처럼 파란 눈에 새처럼 작은 얼굴이다.

"무슨 바람이 불어서 이런 궂은 날에 여기를 다 찾아왔니?"

할아버지가 이번에는 독일어로 물으면서 스프링이 삐걱대는 낡은 흔들의자에 끙끙대며 앉았다.

다시 폭우가 쏟아졌다. 창문을 때리는 빗소리가 요란했다.

나는 담배 연기가 자욱한 거실 한가운데에 서서 어디에 앉을까 고민했다. 눈길이 닿는 곳마다 책 아니면 고양이였다. 결국 나는 테네시 윌리엄스의 책이 쌓여 있는 의자 끝에 엉덩이를 걸쳤다. 미스 마플의 엄마가 내 품으로 뛰어올라와 그르렁거렸다. 늙고 살이 쪄서 굼뜬 고양이. 새끼를 못해도 여섯 번은 낳았을 것이다.

"이거면 되겠어?"

루트 할머니가 물으며 쟁반을 잡지가 가득 쌓인 거실 책상 위에 내려놓았다. 쟁반엔 사과 주스 한 병과 잔 두 개, 영국 과자 두 통, 도넛 두 개, 초콜릿 세 개가 놓여 있었다.

"네, 고맙습니다."

할머니는 나를 보며 미소를 지었고, 미스 마플의 엄마는 무거운 몸으로 다시 내 무릎에서 뛰어내리더니 루트 할머니 뒤를 쫓아 밖으로 나갔다. 고양이 세 마리가 더 일어나 그 둘의 뒤를 따라갔다.

루트 할머니는 내가 찾아가도 절대 대화에 끼지 않았다. 할머니는 고양이들과 같이 있는 것이 제일 좋은 것 같았다.

"여쭈어볼 게 있어서요."

나는 조심스럽게 운을 떼었다.

"뭔데?"

할아버지가 움직일 때마다 흔들의자가 삐거덕거렸다.

"그게……. 소피아 할머니요."

"아."

할아버지의 반응은 그뿐이었다. 의자가 삐걱 삐걱 삐걱거렸다.

"어떤 분이셨어요? 왜 집을 나가신 거예요? 왜 안 돌아오셨을까요?"

할아버지는 아무 말도 하지 않았다. 나도 입을 다물었다. 빗소리만 요란했다.

잠들어 있는 고양이를 세어 보니 네 마리였다. 한 마리는 미스 마플하고 닮았다. 아마 미스 마플과 같은 배에서 나온 녀석이리라. 고양이들의 혈연관계를 놓친 지는 이미 오래였다.

의자 소리가 멈추었다. 조용했다. 빗소리만 들렸다.

"할머니는……. 불만이 있었던 거지……."

한참 후 할아버지가 중얼거렸다. 나는 다음 말을 기다렸다.

"……사는 게요?"

결국 참다못한 내가 두근거리는 가슴으로 물었다.

"……아니, 나한테."

할아버지가 귀찮은 듯 내 말을 정정했다. 다시 찾아온 침묵.

"봐라. 루트가 무슨 짓을 하는지."

할아버지가 침묵을 깨트렸다.

"부엌에 고양이가 들어가면 내쫓아야지. 최소한 부엌에는 못 들어가게 말이야. 정말 이 짐승들 때문에 못살겠다."

할아버지는 이마를 찌푸리며 다시 《전쟁과 평화》와 펜을 집어 들었다. 모든 책에 그 펜으로 감상문을 긁적였다. 대화는 시작도 하기 전에 끝이 났다.

거실을 나가 루트 할머니가 있는 부엌으로 들어갔다. 고양이 세 마리가 부엌에 있었다. 나는 고양이를 쫓지 않고 그냥 두었다.

집에 가는 길에 본 개똥은 더러웠다.

토요일 오후에는 세 가지 일을 했다.

첫째로 운 좋게도 엄마의 사진 상자를 찾아냈다. 그리고 그 안에서 흐리게 찍힌 한나와 내 사진을 한가득 발견했다. 미스 마플이 작은 새끼 고양이였던 시절의 사진도 찾아냈다. 어찌나 귀여운지 전부다 내 방으로 들고 왔다. 또 엄마가 곱슬머리의 마른 남자와 열정적으로 키스하는 사진도 발견했다. 남자가 키스를 하면서 거침없이 엄마를 끌어안고 있었다. 자세히 들여다보고서야 그 남자가 아빠라는 것을 알았다. 엉클어진 긴 머리카락이 코를 덮었고 수염이 턱을 숨겼다.

한나와 내가 발가벗고 욕조에서 노는 사진도 여러 장 있었다. 아마 두세 살 무렵인 것 같았다. 나는 한나를 쳐다보았다. 그리고 나를 쳐다보았다. 오래오래. 부드러운 갈색 곱슬머리의 한나, 쥐어뜯긴 코커스패니얼 털 같은 머리의 나. 예쁜 코의 한나, 꼴 보기 싫은 들창코의 나.

내 들창코.

그때부터 그랬다.

먼지 덮인 상자 맨 밑바닥에 우리 할아버지와 할머니의 결혼식 사진이 있었다. 거기에 그녀가 있었다. 못생긴 여자 소피아. 들창코에 한가운데가 푹 파인 턱. 결혼식 베일도, 손에 든 부케도 소용없었다. 아무것도 소용없었다. 못생긴 것은 어떻게 해도 못생겼다.

그런데도 사진 속 할아버지가 웃고 있다니 신기했다. 소름 끼치는 악마처럼 그의 팔짱을 낀 저 거구의 못난이 괴물과 나란히 서 있는데도.

두 번째로 컴퓨터를 켜서 미리암의 게임을 다운로드했다. 미리암한테 빌려 놓고 3주째 책상 서랍에 넣어 두기만 했던 게임이었다. 나는 게임을 시작했다. 배경 음악으로 비틀스의 〈루시 인 더 스카이 위드 다이아몬드Lucy in the Sky with Diamond〉가 흘러나왔다. 마우스를 잡았다. 손이 떨렸다.

창백한 거구의 소녀를 만들었다. 소녀에게 쥐어뜯긴 것처럼 엉클어진 옅은 색깔의 머리카락을 붙여 주었다. 헤어스타일을 샅샅이 뒤졌지만 내 것과 똑같은 머리카락은 없었다. 결국 가장 비슷한 헤어스타일로 골랐다. 눈은 회색으로 선택했다. 게임에는 내 눈 같은 빗물 웅덩이 색깔이 없어서 제일 꼴 보기 싫은 색깔로 골랐다.

그다음이 코였다. 큰 코는 얼른 찾았다. 큰 코도 여러 가지가 있었다. 하지만 내 코처럼 하늘로 쳐들린 들창코는 없었다. 결국 뭉툭하고 두툼한 코로 선택했다.

그리고 얼굴의 나머지 부분.

얇은 입술과 큰 입.

손가락은 벌써 얼음처럼 차가웠다. 점점 더 떨렸다.

내 턱. 한가운데에 움푹 들어간 턱우물.

"턱우물이 보조개 같다."

언젠가 누가 그런 말을 했다. 누군지 모르겠다. 버스를 타고 가다가 들었을까? 아무리 애를 써도 기억이 나지 않는다. 그 말이 내 머릿속에 깊이 박혔다.

제대로 자리를 잡았으면 보조개가 되었겠지. 뺨 양쪽이 그렇게 쏙 들어갔으면 웃을 때마다 나타나는 예쁜 보조개가 되었겠지. 그러나 한가운데가 길쭉하게 움푹 패어서 엉덩이처럼 보이는 턱우물은 보조개가 아니다. 나는 게임에 있는 턱 중에서 제일 살집이 많고 두툼한 턱으로 골랐다.

거기 내가 있었다.

헬레나 못난이.

못난이 헬레나.

세 번째로 엄마에게 질문을 던졌다. 엄마는 식기 세척기에서 그릇을 꺼내는 중이었고 나는 식탁에 앉아 있었다. 온몸이 납덩이처럼 축 처져서.

"엄마, 엄마도 내가 못생겼다고 생각해? 나…… 못생겼어?"

나는 달그락거리는 식기 소리를 들으며 나직하게 물었다.

"말도 안 되는 소리. 당연히 아니지."

엄마가 대답했다.

기계적으로.

하긴 달리 뭐라고 대답하겠어? 딸한테 대놓고 이렇게 말할 순 없잖아?

그래. 맞아. 넌 못생겼어. 안타깝지만 어쩔 수 없단다. 그래도 이 세상엔 그보다 더 끔찍한 일이 더 많아. 굶주리는 아이들, 에이즈, 또 전세금을 올려 달라는 우리 집 주인…….

나는 온 세상이 미워서 내 방으로 들어가 세상과 담을 쌓았다.

6

화창한 날이 있으면 우중충한 날도 있다.

내가 컴퓨터 게임으로 못난이 헬레나를 만든 날은 우중충한 날이었다.

그 후 며칠간은 그렇게 우중충하지 않았다. 나는 미스 마플의 새끼 고양이 때 사진을 내 방 벽에 붙였다. 자디스가 그걸 보더니 아모스의 이야기를 꺼냈다.

"아모스가 누구야?"

내가 물었다.

"오빠."

"오빠가 있어?"

자디스가 오빠 이야기를 한 적은 처음이었다.

"아빠하고 살았지. 나는 오빠가 싫어. 우린 만났다 하면 싸워."

"왜?"

내가 물었다.

"몰라. 그냥 잘 안 맞아. 오빠는…… 이상해. 우리가 이리로 올 때 아빠와 단둘이 노스필드에 남을 거라고는 상상도 못했거든. 아 참,

우리 아빠는 오빠네 친아빠가 아냐. 오빠네 아빠는 독일 사람인데 사실 아모스는 자기 아빠를 잘 몰라. 엄마가 우리 아빠하고 애밀랜드로 갈 때 오빠는 돌이 갓 지난 아기였거든.”

“그런데 지금 너네 아빠하고 산단 말이야? 그게 말이 돼?”

나는 적잖이 놀랐다.

“그건 마치 우리 아빠네 애들이 우리 집에 와서 같이 사는 거랑 같은데?”

자디스는 고개를 끄덕이며 내 해골의 보라색 손가락을 잡고 미스마플이 좋아하는 장난을 쳤다. 고양이는 풀쩍 뛰어올라 저보다 위에 있는 손가락을 잡으려고 버둥거렸다. 일단 대리석 남자의 머리로 올라가서 거기서 흔들거리는 보라색 손가락을 향해 뛰었다.

“근데 갑자기 미국이 지겨워졌다면서 우리가 사는 곳으로 오고 싶다는 거야…….”

그렇게 말하는 자디스는 기쁜 표정이 아니었다.

“오늘 밤에 하를레킨에 갈래?”

일주일 후 금요일, 6교시가 끝나고 미리암이 나와 카를로타, 자디스에게 물었다. 하를레킨은 시에서 운영하는 댄스 학교 소속의 청소년용 클럽이다. 나는 한 번도 가 본 적이 없지만 미리암과 카를로타는 몇 주 전에 시청 댄스 학교에서 춤을 배웠다.

“완전 좋아. 음악도 신나고 애들도 재밌고. 이상한 애들 없으니까 걱정 안 해도 돼."

"좋아."

자디스가 대답했다.

"으응."

나는 마지못해 승낙했다. 카를로타는 가방에서 지갑을 찾느라 고 개만 끄덕였다. 내가 자디스네 집으로 가서 둘이 같이 버스를 타고 가기로 했다. 카를로타와 미리암은 우리와 정반대 방향에 살기 때문에 따로 만나서 오기로 했다.

엄마에게 말했다. 거실엔 우리 둘뿐이었다. 한나는 오늘도 농구를 하느라 늦었다.

"그러렴. 근데 집에는 어떻게 올 거야?"

엄마가 물었다.

"미리암네 엄마가 데리러 온댔어요. 그 집에서 다 같이 잘 거예요."

엄마가 고개를 끄덕였다. 다 아는 사이였다. 그전에도 여러 번 친구들이 모여 미리암네 집에서 같이 잤다.

무슨 옷을 입지? 새로 산 청바지와 딱 붙는 검은 스웨터를 입기로 했다. 거기에 장미색 운동화. 학교 갈 때도 나는 그 차림으로 갔다.

눈 화장을 할까? 헤어스프레이는? 립스틱은? 데오도란트를 챙겼다. 그리고 이마의 여드름을 가려 줄 커버펜슬도 챙겼다.

"헬레나, 그날 네가 물어봤던 거 말이야……."

엄마가 갑자기 방으로 들어와 보라색 해골 옆에 서서 나를 바라보았다. 나는 벼룩시장에서 산 낡은 지그재그 모양의 거울 앞에 양반 다리를 하고 앉아 있었다. 이런, 들켰네.

"뭐가?"

나는 놀라서 얼른 커버펜슬을 치웠다.

"얼마 전에 네가 말한 거……."

나는 입을 다물었다.

"그 질문, 네가…… 못생겼냐는 그 질문 말이야."

엄마 옆에서 보라색 해골이 심술궂게 웃으며 나를 내려다보았다. 심술궂게, 다 안다는 듯이.

"어떻게……. 어쩌다 그런 말도 안 되는 생각을 하게 된 거야? 우리 생쥐가."

생쥐. 나는 생쥐였다. 한나는 곰순이였다.

곰순이와 생쥐. 아빠와 함께 살던 시절의 유물. 아빠가 곰순이와 생쥐를 만들었다. 그런데 아빠는 가고 이름만 남았다. 지금껏 엄마가 나를 그렇게 부른 적은 많아 봤자 서너 번 정도였다.

생쥐, 생쥐, 생쥐.

나는 아무 대답도 하지 않았다. 한나가 돌아올 때까지 그렇게 입을 다물고 있었다.

"너희 어디 가? 하를레킨? 나도 같이 가면 안 돼? 나 오늘 할 일 없거든."

나는 고개를 끄덕였다. 달리 뭐라고 대답할 수 있을까? 안 된다고 할 수는 없지 않나?

우리는 둘이서 자디스네 집으로 갔다. 자디스가 나와서 문을 열어주었다. 헤어밴드를 해서 머리를 뒤로 넘긴 채 얼굴에는 마스크팩을 붙이고 있었다.

"안녕."

한나가 가면처럼 웃었다. 치아에 반짝거리는 비닐 같은 것이 붙어 있었다.

"그게 뭐야?"

내가 놀라서 물었다. 우리는 안으로 들어갔다. 자디스네 집에 온 건 처음이었다. 나는 호기심에 집 안을 둘레둘레 살폈다. 온 집 안이 깔끔했고 완벽하게 정리 정돈되어 있었다.

"치아 미백하는 거야."

자디스가 발음이 잘 안 되서 우물거리며 욕실로 뛰어갔다. 욕실 문을 열어 두었으므로 나는 천천히 뒤따라 들어갔다. 한나도 따라 들어왔다.

자디스는 욕실에서 비닐을 떼어 내고 앞니를 혀로 훑더니 뚫어져라 거울을 쳐다보았다. 그리고 화장을 시작했다. 기분이 이상했다. 나는 평소와 별로 다른 게 없었다. 이대로 학교에 가도 되는 차림이었다. 하지만 자디스는 우리가 보는 앞에서 화려하게 빛나는 나비로 변신했다. 정말로 아름다운, 찬란하게 빛나는 나비로.

서리 내린 나뭇잎은 아름다웠다. 자칫하면 부서질 것 같은 예술 작품 같았다. 자연이 만들어 내는 것은 모두 다 너무나 아름답다.

우리는 한 시간 후 출발했다.

"언니 태닝숍 다녀?"

자디스가 전철에서 한나에게 물었다. 한나는 고개를 저었다.

"그럼 선탠 크림 발라?"

한나는 또 고개를 저었다.

"타고난 피부구나."

자디스가 말했다. 우리는 금세 목적지에 도착했다. 카를로타와 미리암도 와 있었다. 우중충한 밤이었다. 시끄럽고 덥고 예쁜 여자아이들이 넘쳐 났다. 향수 냄새, 데오도란트 향기, 땀 냄새가 풍겼다. 빛은 현란했고 눈이 부셨으며 불안했다. 나는 아무 말 없이 서서 이리저리 살폈다. 어디 쥐구멍이라도 있으면 기어들어 가고 싶었다.

그래, 까마귀는 못생겼다. 이제는 확실히 알겠다. 너무 크고 너무 굼뜨고 너무 느릿느릿하다. 부리는 투박하며 뒤뚱대며 뛰는 꼴은 너무 불쌍하다. 까마귀는 외롭고 고집불통이고 불쌍한 생물이다.

왜 세상엔 잘생기고 예쁜 애들이 저렇게 많을까? 다들 너무 예쁘고 자신감이 넘치며 여유만만이다.

나만 그렇지 않다.

나만.

나만. 나만.

여자 화장실에서 화장을 했다. 립글로스, 아이라이너, 마스카라, 아이섀도. 그러나 소용없었다. 무엇으로도 내 얼굴의 결점을 숨길 수는 없었다.

아무도 내게 춤을 추자고 신청하지 않았다. 카를로타와 미리암은 여기에 온 애들을 다 아는 것 같았다. 내내 춤을 췄고 곧잘 남자애랑 같이 추기도 했다.

"이리 와, 너도 춰!"

미리암이 외치며 내게 손짓을 했다. 나는 고개를 저었다.

"헬레나, 왜 그래? 그래 가지고는 남자친구 못 사귄다."

노래가 두 곡 더 나온 후 미리암이 소리쳤다. 자디스는 남자애 두 명과 동시에 춤을 추었다.

"너 어디서 왔어? 코네티컷? 나도야."

그녀의 목소리가 들렸다.

"아니, 아빠만 미국 사람이고 엄마는 독일 사람이야. 얼마 전에 이혼했어. 저스트 디보스드. 그러니까 내 말은……."

"담배 피우려면 발코니로 나가."

클럽 관계자가 주머니에서 담뱃갑을 꺼내는 남자아이에게 소리쳤다. 그가 고개를 끄덕이며 발코니로 나갔다.

바람. 시원한 바람. 나도 그것이 그리웠다. 나는 천천히 그를 따라 갔다. 발코니에는 사람 무게를 못 이기고 무너져서 아래 도로로 추락하지 않을까 걱정될 정도로 사람들이 넘쳐났다. 시원한 바람이 얼굴을 때렸다.

"너도 피울래?"

그 아이가 불쑥 이렇게 물으며 담뱃갑을 내밀었다. 한 번도 피워 본 적 없지만 나는 고개를 끄덕였다. 오늘 밤은 아무래도 좋았다. 담배를 피우건 안 피우건, 건강에 좋건 나쁘건, 그게 다 무슨 소용이란 말이야?

우리는 함께 저 아래 도로를 내려다보았다. 전철이 덜컹대며 지나갔고 나는 첫 모금을 빨아들였다. 목이 타는 것 같았다. 기침이 터져 나오려는 걸 억지로 참았다.

"난 야스퍼야. 넌?"

그 아이가 먼저 물었다.

"헬레나."

"이름 예쁘네."

야스퍼가 말했다. 나는 아무 말도 하지 않고 두 모금째 담배를 빨았다. 애들이 왜 담배를 피우는지 이해할 수 없었다. 맛이 역겨웠다.

"처음 본 얼굴인데."

야스퍼가 담배를 입에 문 채로 말했다. 그의 얼굴 앞으로 회청색의 담배 연기가 피어올랐다. 발코니를 메웠던 사람들이 하나둘 안으로 들어갔다. 야스퍼는 다 피운 담배를 아래로 던졌다. 아스팔트에 작은 불꽃 하나가 빗방울처럼 떨어졌다. 그는 곧바로 한 대 더 빼서 불을 붙였다.

"넌 왜 춤 안 춰?"

그가 물었다.

"몰라."

내가 대답했다. 그가 나를 향해 미소를 지었다. 내 얼굴에도 미소가 피어오를 뻔했지만 나는 얼른 원래의 표정으로 돌아갔다. 야스퍼는 이마가 푹 꺼지고 두 눈 사이가 몹시 좁았으며 옅은 색 눈동자가 쉬지 않고 불안하게 움직였다. 얼굴은 각이 심하게 졌고 체구도 작은 데다 혈색도 나빴다.

한마디로…… 못생겼다.

달빛이 환했다. 나는 야스퍼와 하를레킨의 발코니에 서서 참담한 기분을 느꼈다.

"너 여기 있었어?"

순간 미리암의 목소리가 들렸다. 미리암이 문턱에 서서 나를 쳐다보았다.

"얼른 와. 우리 연못에 가려고. 너 한참 찾았어."

미리암, 카를로타, 자디스, 한나와 함께 하를레킨을 나오는 순간 미리암이 내게 속삭였다.

"야스퍼랑 뭐 하고 있었어? 그 못생긴 바보하고? 못생긴 주제에 아무한테나 들이댄다니까. 상대도 하지 마. 구제 불능이니까."

그녀가 나지막하게 웃었다.

다크 모드.

스마트폰 다크 모드.

우리 말고도 모르는 남자아이 두 명이 함께 연못으로 갔다. 자디스랑 같이 춤을 추던 애들이었다. 둘 다 한 손에 맥주병을 들고서 걸어가는 내내 서로 건배를 했다.

오리 연못의 작은 다리에 도착했을 때 둘 중 하나가 자디스의 소매를 붙들고 스마트폰으로 사진을 찍으려 했다.

"너무 어둡잖아."

말은 그렇게 하면서도 자디스는 스마트폰을 향해 미소를 지었다.

찰칵.

"내 폰은 어두워도 잘 찍혀."

그가 말하며 다시 한 번 버튼을 눌렀다.

"우리는 한밤의 여자 사진 수집가거든."

그가 웃었다.

"이제 그만 찍고 보여 줘."

자디스가 말했다. 남자아이가 자디스 옆으로 바짝 다가와 찍은 사진을 보여 주었다. 모두 네 장이었다. 나는 자디스를 사이에 두고 남자아이의 반대편에 서서 같이 사진을 구경했다. 코네티컷 노스필드에서 온 자디스 존슨이 거기 있었다. 작고 예쁜 얼굴이 조명을 받은 듯 어둠 속에서 환하게 빛났다.

예뻤다.

"이게 뭐야? 귀신 같잖아."

자디스가 투덜거렸다.

"얼른 지워! 당장!"

찰칵. 찰칵. 찰칵.

다른 남자아이는 미리암과 카를로타의 사진을 찍었다. 미리암은 혀를 쭉 내밀었고 카를로타는 눈을 질끈 감고 인상을 썼다. 그가 히죽 웃더니 이번에는 한나와 함께 셀카를 찍었다. 한나 어깨에 팔을 두르고 다른 손에 든 스마트폰을 자신과 한나 쪽으로 향했다.

"좋아. 이 정도면 충분해. 이제 그만 들어가자. 여기 너무 추워."

그가 말했다.

"헬레나는 안 찍었잖아."

카를로타가 소리치며 맥주병 하나를 수풀 쪽으로 휙 던졌다. 그녀가 내 어깨에 팔을 둘렀다.

"아, 그러네."

조금 전에 한나와 사진을 찍었던 남자아이가 말했다. 그가 나를 쳐다보았다.

"사진 한 장……."

그가 말했다. 아니, 물었다. 그 눈빛은 무슨 뜻이었을까? 그 애는…… 의아했을까? 당황했을까? 기분이 나빴을까? 짜증이 났을까? 역겨웠을까?

그 모든 것이 그저 나의 상상이었을까? 갑자기 시간이 멈춘 것 같았다. 우주에 나 혼자만 남은 것 같았다. 누군가 차가운 손으로 내장을 움켜쥐는 느낌이었다.

내 코, 끔찍한 코.

내 턱, 못생긴 턱.

못난이 헬레나. 나는 못난이 헬레나…….

머리가 빙빙 돌았다.

"하지 마, 카를로타."

내 목소리는 컸고 신경질적이었다. 새됐고 우스꽝스러웠다. 나는 울먹였다. 울음이 터지기 일보 직전이었다.

"아니……."

카를로타가 놀라서 내게서 떨어졌다.

"왜 짜증을 내고 그래……."

나는 달렸다. 애들이 내 이름을 부르며 웃었다. 내가 장난을 친다고 생각했을 것이다. 달리다가 걸음을 멈추고 웃으면서 돌아볼 것이라고. 하지만 나는 웃지 않았다. 달리는 걸 멈추지도 않았다. 나는 장난이 아니었다.

"헬레나! 헬레나! 헬레나!"

미리암과 한나가 나를 불렀다. 자디스와 카를로타도 불렀다. 하를레킨에서 만난 두 남자아이들까지 내 이름을 불렀다. 그러다 어느 순간 목소리가 멎었다. 어둠이 모두 삼켜 버렸다.

밤이었고 나는 한나와 친구들 앞에서 도망을 쳤다. 한밤의 여자 사진을 모은다던 두 남자아이들 앞에서.

달빛이 환한 공원은 예뻤다.

하지만 달리는 동안 내 시선은 정처 없이 여기저기를 떠돌았다. 나는 달리고 달리고 또 달렸다. 숨이 턱까지 차고 목이 타는 듯 아팠다. 쿵쿵대는 심장의 고동 소리가 온몸에서 울렸다.

여기가 어디지?

전철이 덜컹대며 지나갔고, 칙칙한 색깔의 우중충한 집들이 줄지어 있었다. 거리에는 때를 잊은 비둘기 몇 마리와 늦은 귀갓길의 행인 몇 사람뿐. 아무도 나를 유심히 보지 않았다.

나는 온몸을 떨며 걸음을 멈추었다. 외곽 구시가지의 어두침침하고 좁은 길이었다. 저 앞에 옛 성벽의 자투리가 보였다. 부서져 내리는 유적. 활력을 잃어버린 이 따분한 소도시의 역사 부스러기.

숨을 헐떡이며 손목시계를 들여다보았다. 11시 30분이었다. 미리암의 엄마가 11시에 데리러 오기로 했었다. 미리암과 카를로타, 자디스, 한나, 나를.

외투와 가방, 지갑, 휴대전화.

전부 다 하를레킨의 보관소에 맡겼다. 대체 왜 그걸 두고 왔을까? 이제 어떻게 하지? 지금 막 지나간 전철이 분명 막차일 것이다. 하긴 전철 정기권도 보관소에 있었다.

왼손 손등에는 아직도 클럽 출입용 도장이 흐릿한 초록색으로 반짝였다. 하를레킨의 도장이 재미있다는 듯 히죽대며 나를 비웃는 것 같았다.

나는 어찌할 바를 모르고 이리저리 주위를 살폈다. 여기서 집까지 어떻게 가지? 원래는 미리암의 집에서 자기로 했다. 내가 없어진 것을 알면 미리암의 엄마는 어떻게 할까? 왜 도망쳤냐고 물으면 뭐라고 대답해야 하나? 걸어서 집까지 가려면 한 시간은 걸릴 텐데.

영화에선 이런 순간이 되면 택시가 알아서 딱 나타나지만 이 소도시에선 밤에 택시를 잡으려면 역으로 가야 한다. 하지만 역은 우리집과 반대 방향이다. 엄마도 벌써 소식을 들었을 것이다.

나는 망설이다 다시 걸음을 뗐다.

모두가 잠이 든 것 같았다. 비둘기들도 사라져 버렸다. 어디 구석이나 지붕 밑, 나무속으로 숨었겠지. 우중충한 집들의 창문에도 거의 다 불이 꺼졌다.

"성문 앞 우물 곁에 서 있는…… 서 있는…… 라일락……."

술 취한 남자가 저쪽 어두운 거리에서 비틀거리며 걸어왔다.

보리수, 보리수야. 라일락이 아니라. 하지만 그게 나랑 무슨 상관이야. 나는 걸음을 빨리했다.

"성문 앞 우물 곁에 서 있는 라일락……."

다시 그 목소리였다. 흔들리는 묵직한 목소리. 술에 취해 노래를 부르는 남자가 코앞까지 다가왔다. 나는 그가 지나갈 수 있도록 얼른 옆으로 한 걸음 피했다.

"아니, 이게 누구야?"

그가 내 앞에 산처럼 우뚝 서더니 몸을 흔들었다. 희끗희끗한 머리는 사방으로 뻗쳤고 코에는 안경을 걸쳐 썼다. 몸에 걸친 모든 것이 새카맸다. 노숙자 같지는 않았다. 내가 가려고 하자 그가 내 팔을 꽉 붙들었다.

"……사랑스러운 생쥐, 생쥐네."

남자가 올가미처럼 내 팔을 휘감았다.

생쥐, 생쥐…….

그래. 나는 생쥐였다. 그건 날 두고 하는 말이었다. 그가 뭐라고 말을 걸었다. 말을 하려고 바짝 다가와 나를 쳐다보며 미소를 지었다. 숨결이 뜨거웠고 술 냄새가 훅 끼쳤다. 나는 꼼짝도 하지 못했다. 너무 놀라서 온몸이 얼어붙어 버렸다. 이제 어떻게 하지? 나는 조바심을 치며 주위를 살폈다. 누군가 도와줄 사람이 없을까? 거리는 어둡고 인적이 끊겨 쥐 죽은 듯 고요했다.

왜 뿌리치지 못했을까? 왜 굳은 듯 가만히 서 있었을까?

"놔 주세요."

마침내 내가 숨죽여 말했다. 남자가 내 팔을 놓았다.

"기분 상하게 하려고 그런 것은 아니었어."

그가 묵직하고 떨리는 목소리로 말했다.

"나는 사람 노릇도 제대로 못하는 인간이야. 이렇게 예상치 못한 곳에서 예쁜 생쥐를 만나니까 너무 기뻐서 그래. 용서하렴."

그가 비틀거리며 걷던 길을 걸어갔다. 이젠 노래를 부르지 않았다. 한참을 걸어서 다리가 아팠지만 나는 이를 악물고 걸음을 재촉했다. 가로등이 흐릿한 오렌지색 빛을 던졌고 길가에 세워 둔 자동차 유리창에 내 모습이 비쳤다.

나는 나를 보았다. 나는 나를 보지 않았다. 나는 나를 보았다. 나는 나를 보지 않았다. 나는 나를 보았다. 나는 나를 보지 않았다······.

나는 걷고 걷고 또 걸었다. 비가 내리기 시작했고 빗방울이 추위로 뻣뻣해진 차갑고 못생긴 내 얼굴로 흘러내렸다. 술 취한 남자가 뭐라고 했지? 예쁜 생쥐라고? 틀림없이 눈이 삐었다.

그 시각엔 넓은 광장도 인적이 뚝 끊겨 있었다.

갑자기 어둠 속에서 자동차 한 대가 나타나더니 내 옆에서 급정거를 했다. 나는 깜짝 놀라 몸을 움츠렸다.

"헬레나! 세상에!"

할아버지의 목소리가 들리더니 낡은 검은색 볼보의 차 문이 벌컥 열렸다.

"찾아 나서기를 잘했네."

할아버지가 내게 어서 타라고 손짓을 했다. 나는 뭐에 홀린 사람처럼 할아버지의 말을 따랐다.

"잠깐, 엄마한테 얼른 전화해 줘야겠다. 너 찾았다고."

할아버지가 글러브 박스 위에 올려놓은 휴대전화를 집어 엄마의 번호를 눌렀다.

"찾았다. 데려가마."

할아버지가 짧게 통화를 끝내고 휴대전화를 주머니에 넣었다. 우리는 말없이 밤거리를 달렸다. 나는 안전벨트를 매고 눈을 감았다.

"카프카의 《변신》을 읽는 중이었다."

할아버지가 먼저 침묵을 깼다. 나는 아무 대답도 하지 않았다.

"정말 재미있는 이야기야. 카프카 같은 미치광이나 그런 생각을 할 수 있겠지……."

할아버지는 너무 빨리 달렸고 차선을 바꿀 때 깜빡이를 켜지도 않았으며 도로 상황이 괜찮으면 양 차선을 마음대로 오갔다. 주행 차선과 반대 차선을.

"영국은 왼쪽으로 주행하고 독일은 오른쪽으로 주행하고. 나는 두 나라가 섞인 인간이니까 내가 가고 싶은 대로 갈 거야."

그렇게 자기 멋대로 달리면 안 된다고 누가 한마디 하면 할아버지는 늘 이렇게 말씀하시곤 했다.

"그 녀석이 못생긴 벌레로 변신하지 않았다면 결말이 어떻게 바꿨었을까 고민 중이란다. 자다 깨니까 동물이 되어 있는 것만으로도 미칠 지경인데 뒤집히면 꼼짝도 할 수 없는 벌레가 된다니. 호랑이로 변신하는 것보다 훨씬 나쁘잖아. 호랑이가 싫으면 사자로 변신하든가⋯⋯. 넌 어떻게 생각하니? 시험 삼아 녀석을 튼튼하고 잘생긴 판다로 변신시킬까 생각 중인데, 어떤 결말이 날지는 두고 보자꾸나."

할아버지는 엄청나게 높은 속도로 급회전을 해서 우리 집으로 향하는 조용한 밤의 도로로 접어들었다. 어디나 똑같다. 못생긴 벌레와 잘생긴 판다.

벌레는 못생겼고 판다는 잘생겼다.

소피아 할머니는 못생겼다. 루트 할머니는 예쁘다.

집에 도착했다.

"자니?"

할아버지가 물으며 시동을 껐다. 나는 고개를 저으며 안전벨트를 풀었다.

"들어가자."

우리는 차에서 내렸다. 현관문이 벌컥 열리면서 엄마가 달려 나왔다.

"헬레나!"

엄마가 나를 부르며 끌어안았다. 아직도 외투를 걸치고 있었다.

나갔다가 방금 전에 집에 온 것 같았다.

"죄……송해요."

나는 짜증 섞인 목소리를 누르며 억지로 사과를 했다.

"어디 갔었어? 왜 도망을 쳐? 대체 무슨 생각을 한 거니?"

갑자기 엄마가 화를 냈다. 그리고 나를 확 잡아채서 부엌으로 끌고 갔다. 그곳에 한나와 미리암이 앉아 있었다. 평소엔 절대로 의자에 올라오지 못하는 마스 마플도 둘 사이에 끼어 앉아 있었다.

"헬레나."

미리암이 나를 끌어안았다.

"얼마나 걱정했는데……. 왜 갑자기 가 버렸어?"

나는 아무 말도 하지 않았다. 그냥 입을 꾹 다물고 있었다.

할아버지는 집으로 돌아가셨다. 루트 할머니가 기다리시는 집으로.

"할아버지……."

현관에 서 있는 할아버지를 내가 기어들어 가는 목소리로 불렀다.

"왜?"

할아버지는 낡아서 꾸깃꾸깃한 재킷의 지퍼를 채우는 중이었다. 원래는 소피아 할머니에 대해 물어보고 싶었다. 왜 할머니와 결혼을 했을까? 할머니는 어떤 사람이었을까? 할머니가 집을 나가 돌아오지 않았을 때 무슨 일이 벌어졌을까? 그러나 나는 묻지 않았다.

"고맙습니다. 데리러 와 주셔서."

나는 여전히 기어들어 가는 목소리로 말했다.

"괜찮다."

할아버지는 그렇게 대답하고 손을 흔들어 작별 인사를 한 후 끙끙 대며 다시 낡은 볼보로 들어가서 출발했다.

한나와 미리암이 내 방에서 같이 자기로 했다.

그날 밤 나는 오래 잠들지 못했다.

하를레킨에서 만난 그 못생긴 남자아이가 마음에 들었다. 나를 보고 웃어 주었고, 잠시도 쉬지 않고 불안하게 움직이지만 다정한 눈빛으로 나를 쳐다보았다. 다정하게. 그게 아니었던 걸까? 딴 꿍꿍이가 있었던 것일까? 아니면 우리의 마음이 닮았다는 것을 그 애도 느꼈던 것일까?

미리암이 잠꼬대를 하며 반대편으로 돌아누웠다.

더 이상 참을 수가 없었다. 나는 떨리는 손을 이불에서 빼내서 천천히 내 얼굴을 만졌다. 이마와 감긴 눈을 더듬었다. 매끈하고 따스한 뺨과 입술이 느껴졌다. 그리고 나는 주저하며 손가락을 코 쪽으로 옮겼다.

거기 있었다. 너무 크고 너무 못생긴 코. 코끝이 뭉툭한 데다 너무 위로 올라앉았다. 들창코. 누구든지 내 앞에 서서 내 얼굴을 보면 콧구멍이 훤히 들여다보일 것이다. "아, 코가 특이하게 생겨서 그리기 엄청 힘들잖아." 미술 시간에 헨리는 그렇게 말했었다.

갑자기 화가 치밀었다.

몇 년 전에 한나의 송곳니가 조금 튀어나왔다. 치과 의사 선생님만 알아차릴 정도였는데 한나는 교정기를 꼈다. 넉 달 동안. 그러자 치아가 제자리로 돌아갔다. 왜 내 코는 그럴 수 없는 것일까? 왜 나는 영원히, 영원히, 영원히 이 모양 이 꼴로 살아야 하는 것일까?

나는 화가 나서 콧등을 아래로 꾹 눌렀다. 콧구멍이 보이지 않을 때까지 눌렀다. 있는 힘껏 세게. 손가락이 아팠고 코도 아팠지만 상관없었다.

참을 수 있을 때까지 눌렀다. 눈물이 흘렀다.

어두운 밤이 나를 덮쳤다.

7

The winter wraps around me.

한 달 후 나는 생각에 잠겨 일기장에 이렇게 적었다.

겨울이 외투처럼 나를 감싸네⋯⋯.

아빠가 전화를 걸었다. 정말 오랜만이었다.

"뭐 하니?"

나는 내 왕좌에 앉아서 얼굴을 찌푸렸다.

"아무것도 안 해."

나는 맥없이 대꾸했다. 그게 사실이었다. 나는 아무것도 하지 않았다.

"한나는 잘 지내? 엄마는?"

"잘 지내."

나는 건성으로 대답하며 내 무릎에 스핑크스처럼 앉은 미스 마플을 쓰다듬었다.

"눈 왔어?"

"아니, 비만 와. 짜증 나게 가랑비만 내려. 며칠째."

아빠가 웃었다.

"그 정도면 괜찮네. 여기 런던은 계속 비가 양동이로 퍼붓는 것 같아. 짐과 샘은 눈이 보고 싶다고 난리야."

짐과 샘은 몇 년 전 아빠가 새 아내 사이에서 낳은 아이들이다.

"〈성난 얼굴로 돌아보라〉 리허설 중이야."

아빠가 말했다.

"첫 장면에 하프 연주자가 무대 중앙에 앉아서 대사마다 하프를 연주하거든. 크게 했다가 작게 했다가 부드럽게 했다가 거칠게 했다가. 그 사람을 볼 때마다 네 생각이 나. 요즘도 하프 연습하니? 동영상 찍어서 보내 주면……."

"그만둘 거야."

갑자기 짜증이 확 치밀어 나도 모르게 말이 툭 튀어나왔다. 나도 지금 처음 해 본 생각이었다. 이유도 몰랐다.

"그만둬?"

아빠의 목소리에서 놀라움이 묻어났다.

"응."

"왜?"

그래, 왜일까?

나는 하프를 쳐다보았다. 펴 놓은 악보도 쳐다보았다.

아니라고, 내가 헛소리를 했다고 말하고 싶었다. 정말 내가 헛소리를 한 건 아닐까? 요즘 내가 왜 이러는 걸까? 미리암은 11학년의 벤 오빠와 사귄다. 휠라는 부모님의 반대를 무릅쓰고 헨리랑 사귄다. 휠라의 아빠가 시내에서 손잡고 걸어가는 둘을 본 다음부터 딸을 집 밖으로 못 나가게 했다. 히잡을 쓰라고 강요까지 했다. 그러나 휠라는 종교는 머리가 아니라 마음에 있는 것이라고 주장하며 까치발을 하고서 헨리에게 키스를 했다.

"지금이 무슨 중세 시대도 아니고 말이야……."

"로미오와 줄리엣 나셨네."

휠라를 짝사랑한다고 소문이 자자한 콘스탄틴이 옆에서 보고 뿌루퉁해서 한마디 던졌다. 카를로타는 슈테파노와 자주 만났다. 슈테파노가 밤나무 숲에 데려가서 여름날의 찌르레기 이야기를 해 주었다나? 자디스는 며칠 전부터 옆집에 이사 온 남자아이와 사귄다.

나는?

나만 세상에 없는 것 같았다. 선생님도 얼마 전부터는 꼭 내 자리에 아무도 없는 것처럼 내 쪽을 쳐다보지 않으셨다. 적어도 내가 보기엔 그랬다.

"헬레나? 듣고 있니?"

아빠의 목소리에 정신이 들었다.

"응. 그런데 그만 끊어야겠어……."

나는 대답하고 얼른 전화를 끊었다.

2주 후면 크리스마스였다.

"왜 그렇게 우울해?"

미리암이 물었다. 우리는 전망대에 있었다. 미리암, 나, 자디스, 휠라.

전망대는 학교 옥상에 있는 낡은 창고였다. 그 안에 없는 게 없었다. 낡은 빗자루와 쓰레받기도 있었고, 꾸깃꾸깃 누렇게 변한 지도 몇 장이 돌돌 말린 채 구석에 처박혀 있었다. 다리가 흔들거리는 텅 빈 책장 하나와 쓰레기통 하나, 선이 뽑힌 구식 전화기 한 대, 그리고 무슨 이유로 여기 있는지 모르겠지만 완전히 망가지고 먼지가 뽀얗게 앉은 소파가 하나 있었다.

그래도 비스듬히 열리는 창문 밖을 내다보면 아름다운 풍경이 펼쳐졌다. 이 전망 때문에 우리는 이 더럽고 어두침침한 창고를 '전망대'라고 불렀다. 그리고 우리끼리만 있고 싶을 때 몰래 전망대로 올라가서 쉬는 시간을 보냈다. 남자는 출입 금지였다.

"여긴 금남의 구역이야. 남자는 못 들어온다고. 알아들었지?"

미리암이 콘스탄틴과 헨리, 슈테파노와 다른 우리 반 남자아이들에게 엄하게 경고했다.

"우울하지 않아."

나는 짜증이 나서 대답했다. 휠라는 잡지를 뒤적였다.

"역시 돈이 있어야 한다니까. 돈이 무지 많아야 해."

우리 쪽은 신경도 안 쓰고 휠라가 얼굴로 흘러내린 머리카락을 쓸어 올리며 말했다.

미리암이 이마를 찌푸리며 살짝 허리를 폈다. 그녀와 자디스, 나, 셋은 작은 소파에 끼어 앉아 있었고 휠라만 혼자 창틀에 올라 앉아 있었다.

"돈이 많다고 꼭 행복한 건 아냐."

미리암이 어깨를 으쓱하며 아침밥으로 가져온 빵을 먹었다.

"그렇게 생각할 수도 있지."

휠라가 중얼거렸다. 휠라네 집이 가난해서 돈 걱정을 많이 한다는 사실은 우리 모두가 알고 있었다. 휠라가 눈을 감더니 갑자기 말했다.

"할리우드에 불어온 성형 열풍."

"뭐?"

노스필드의 아빠에게 문자를 하고 있던 자디스가 놀라 물었다.

"여기, 잡지에 그렇게 나와 있어."

휠라가 설명을 하고는 인상을 쓰며 기사를 읽었다.

"……빨래판 근육 이식, 무릎 리프팅, 배꼽 성형. 할리우드 스타들이 이보다 더 괴상망측한 주문을 들고 성형외과를 찾았던 적은 일찍이 없었다……."

미리암이 고개를 저으며 휠라가 앉은 창턱으로 올라가 앉더니 잡지를 당겨 자기가 읽기 시작했다.

"니콜 키드먼은 발 크기를 줄이는 수술을 받았다."

황당하다는 표정으로 그녀가 덧붙였다.

"265에서 245로……."

"그게 어떻게 가능하지?"

내가 웅얼거렸다.

"발가락을 줄이는 거지, 당근."

자디스가 내 말이 떨어지기 무섭게 대답을 했다.

"미국에 있을 때 자주 들었어."

"소름 끼친다."

휠라가 말하며 인상을 썼다. 앉아 있을 때 휠라는 모든 면에서 완벽했다. 자리에서 일어서야 키가 정말 작다는 것을 깨닫게 된다.

"무릎 리프팅은 뭐야?"

휠라가 궁금한 표정으로 미리암이 가져갔던 잡지를 끌어당기며 물었다.

"멜라니 그리피스가 했다잖아."

미리암이 말하며 책장을 뒤로 넘겼다.

"들어 봐. 지금까지 무릎 주름은 성형외과에서도 어떻게 할 수 없는 부위였다. 그건 어떻게 해도 안 돼, 다들 그렇게 말했다. 그런데 새로운 성형법이 개발되었다. 자가지방을 무릎 피부에 주사하는 것이다. 데미 무어가 최초로 이 시술을 받았다. 앞으로는 모두가 따라 할 것이다. 3주 동안 걸으면 안 되고 6개월 동안 압박 스타킹을 신어야 하며 종양이 생길 위험이 크지만 49세의 멜라니 그리피스와 49세의 샤론 스톤이 시술을……."

"대단하다."

휠라가 말하며 책장을 이리저리 넘겼다.

"배꼽 리프팅, 광대 임플란트, 겨드랑이 리프팅, 엉덩이 성형!"

수업 종이 울렸다.

"광대 임플란트를 하려면 어금니를 빼야 하는 경우도 많다."

휠라가 책가방을 집으면서도 계속 읽었다. 다음은 체육 시간이었다.

"헐, 무서워."

미리암이 중얼거리며 창턱에서 뛰어내렸다.

"빅토리아 베컴, 카메론 디아즈, 할리 베리는 전부 세 번씩 했다고 한다. 가격이 80만 달러……."

휠라가 한숨을 쉬었다.

"내가 저렇게 돈이 많으면 키를 키울 텐데. TV에서 봤는데 옛날에는 정말로 키가 작은 사람들만 수술을 받았고 엄청 아팠다고 하더라고. 하지만 요즘은 뼈에 전선을 넣어서 컴퓨터로 조종을 한대. 밤에 잘 때 항상 같은 시간에 조금씩 벌려서 뼈를 늘리는 거야. 정말 쉽고 통증도 없고……."

"아, 난 모르겠어."

미리암이 미심쩍다는 표정으로 말했다.

"넌 지금도 충분히 예뻐."

휠라가 미소를 지었고 우리는 교실로 내려갔다.

8

시내에서 그를 만났다.

야스퍼, 하를레킨에서 만났던 못생긴 남자애.

"어, 우리 아는 사이지?"

그가 이렇게 물으며 내 쪽으로 다가왔다. 사방이 크리스마스 시장이었다. 길거리에서 와플, 크레페, 솜사탕, 군밤의 끈적거리는 달콤한 향기가 풍겼다. 전형적인 크리스마스 냄새였다.

"아니."

나는 얼른 대답했다.

못난이 야스퍼는 회색의 누비 다운 코트와 검은 진을 입었다. 짙은 머리카락과 불안하게 움직이는 옅은 색의 눈동자가 극명한 대조를 보여 이상야릇했다. 귀가 길고 뾰쪽한 못생긴 갈색 개를 끈에 묶어 데리고 있었다.

"몇 주 전에 하를레킨에 안 왔어? 우리 만났잖아. 밤에 발코니에서. 담배 피울 때."

나는 얼른 고개를 젓고 걸음을 재촉했다.

"잠깐만."

야스퍼가 내 외투를 잡았지만 나는 힘껏 뿌리치고 허겁지겁 달렸다. 못생긴 개가 나를 향해 왈왈 짖었다.

자디스에게 가는 길이었다. 자디스한테 갈 때만 시내를 통과했다. 시내엔 가고 싶지 않았다. 나를 비추는 쇼윈도가, 날씬하고 예쁜 여자아이들이 너무 많았다.

"안녕."

문을 열어 주며 자디스가 인사했다.

"엠마누엘도 와 있어. 들어와……."

나도 모르게 한숨이 나왔다. 엠마누엘은 한 달 전에 자디스네 옆집으로 이사 온 그 미국 남자아이다. 자디스는 그 아이와 사랑에 빠졌다. 요즘엔 자디스네 집에 갈 때마다 거의 엠마누엘이 와 있었다. 오늘은 깨끗한 자디스의 방 침대에 배를 깔고 누워 큰 책을 뒤적이고 있었다.

"미국에서 다니던 고등학교 앨범. 방금 찾았어. 안 보여 주려고 했는데……."

자디스가 말했다.

"너도 주스 마실래?"

나는 고개를 끄덕이고 외투를 벗었다.

"오렌지? 토마토?"

"아무거나."

나는 웅얼거렸다.

"안녕, 헬레나."

엠마누엘이 고개를 들었다. 고개를 까딱하며 인사를 하는데 두통이 느껴졌다. 사람 얼굴을 똑바로 쳐다보기가 날이 갈수록 힘들었다. 누구와도 얼굴을 마주 보고 싶지 않았다. 누가 나를 자세히 쳐다보는 것이 너무 싫었다.

"그레첸 자디스 존슨, 치어리더."

엠마누엘이 신이 나서 앨범에 적힌 글자를 읽었다. 나를 오래 쳐다보지 않아서 다행이었다.

"이 사진은 전혀 다른데. 머리도 파마했네. 파마 맞지? 얼굴도……. 뭔지 모르겠지만 전혀 달라."

엠마누엘이 인상을 쓰며 사진을 들여다보았다.

"2년 반 전에 스냅으로 찍은 거라서 그래."

자디스가 입을 삐죽이며 말했다. 그녀가 내게 오렌지 주스가 담긴 화려한 무늬의 컵을 내밀었다.

"끔찍하지, 나도 알아. 내 머리, 에이리언 같잖아……. 그리고 코! 수술하기 전 코야."

그녀의 말에 나도 모르게 움칠했다.

"무슨 수술?"

엠마누엘이 나 대신 물어 주었다. 자디스가 코를 톡톡 쳤다.

"진짜 끔찍했거든. 너무 크고 너무 못생기고 이상했어. 성형을 했지. 우리 고모가 새크라멘토에 있는 병원 원무과에 근무하거든. 덕분에 직원 가족 특별 할인을 받아서."

자디스가 미소를 지었다.

"정말 잘됐지. 스트레스가 싹 사라졌잖아."

나는 좌우 균형이 잘 잡힌 자디스의 작고 오뚝한 코를 쳐다보았다. 그게 가능해? 그렇게 쉽게? 내 고통을 그렇게 쉽게 치료할 수 있단 말이야?

"그 얘기는…… 처음이네."

내가 소리 죽여 말했다. 목소리가 나도 모르게 기어들어 갔다.

"미안. 완전히 까먹었어."

자디스가 조니 미첼의 다른 CD를 틀었다. 자디스는 조니 미첼의 광팬이다. 자디스의 방에선 거의 쉬지 않고 조니 미첼이 노래를 불렀다. 무릎이 후들거렸다. 나는 마룻바닥 여기저기에 놓여 있는 검은 방석 중 하나에 후다닥 양반다리를 하고 앉아서 나도 모르게 그 앨범을 내 쪽으로 끌어당겼다.

정말 그랬다. 자디스인데 모습이 전혀 달랐다. 뭔가 완벽하지가 않고 날씬하지도 않고 어린 티가 났고 땀에 젖었고 앙큼해 보였다. 그리고 난생처음 보는 낯선 뭉툭코.

"이름이 정말 그레첸이야? 자디스 존슨?"

엠마누엘이 물으며 일어나 앉더니 턱을 괬다. 그가 놀란 표정으로 자디스를 가만히 쳐다보았다.

"까면 깔수록 계속 나오는 양파네. 난 너를 잘 안다고 생각했는데."

자디스가 샐쭉 웃었다.

"맞아. 진짜 내 이름은 그레첸이야. 그레첸 존슨. 코네티컷에 사는 우리 증조할머니 이름이고, 미국에선 흔해. 옛날에 다니던 학교에선 다들 나를 그레첸이라고 불렀고. 그런데 독일에선 그 이름이 별로라고 하더라고. 그래서 여기 와선 중간 이름을 써. 자디스. 그렇게 된 거야."

그녀가 어깨를 으쓱하더니 엠마누엘에게 달라붙었다. 엠마누엘이 운동을 하러 갈 시간이었다.

오후 시간은 평소와 다름없었다. 방 안에서 계속 음악이 흘렀고 단톡방에서 휠라, 미리암, 슈테파노가 쉬지 않고 뭔가 떠들었다. 하지만 내 생각은 완전히 딴 데 가 있었다.

자디스의 코는 완벽했다. 흉터 하나 없었다. 수술을 한 흔적이 전혀 없었다.

9

Outside, the winter air was sharp with cold.

바깥의 겨울바람은 매섭고 차가웠다.

거울 속의 나.

나, 나, 나⋯⋯.

코끝이 욕실 거울 유리에 거의 닿을 듯했다.

"헬레나? 그 안에서 뭐 해? 왜 안 나와? 나 샤워할 거야."

한나의 목소리가 저 먼 행성에서 들리는 것 같았다. 내일이면 크리스마스다. 할아버지와 루트 할머니도 올 것이다. 해마다 그랬으니까.

소피아 할머니는 어떻게 되었을까? 정말로 돌아가셨을까? 아무도 못 찾는 곳에 숨어 사는 건 아닐까?

"헬레나? 죽었니? 말 좀 해. 미친 거 아냐?"

한나가 욕실 문고리를 잡아 흔들었다.

트럭.

나를 치고 가는 트럭.

못생긴 내 얼굴 한가운데를 치고 가는 트럭.

그럼 아무것도 안 남을 거야.

흐물거리는 살덩어리만 남겠지. 한때 나였던 살덩이.

으슬으슬 한기가 느껴져서 문을 열었다.

"드디어 나왔네."

한나가 소리를 지르며 안으로 밀고 들어왔다.

"뭐야? 울었어?"

나는 고개를 젓고 내 방으로 달려가 컴퓨터를 켰다.

검색 엔진. 검색어를 치면 된다.

나는 '소피아 어네스틴 매켄지'라고 쳤다. 실종된 못난이 할머니의
이름이었다.

검색 결과가 없습니다.

할머니는 돌아가신 게 분명해. 자살을 했을까? 나는 눈을 질끈 감
고 검색창에 '예뻐지는 법'이라고 쳤다. 15초 만에 200만 개가 넘는
검색 결과가 떴다. 나는 머리를 쓸어 넘겼다. 갑자기 못 견디게 더웠
다. 땀이 등을 타고 줄줄 흘러내렸다.

1-10. 다음 페이지. 11-20. 다음 페이지. 21-30……

내 눈동자가 불안하게 모니터 위를 떠다녔다.

"헬레나? 문은 왜 또 걸어 잠갔어?"

한나가 짜증을 내며 소리 질렀다.

"너 왜 그래? 감옥 놀이해? 무슨 문제 있어? 실연이라도 당했니?

슈테파노가 전화했어. 핸드폰으로 했는데 안 받는다고. 어쨌거나 카를로타하고 밤나무 숲에 간다더라. 너도 갈 거야? 슈테파노네 그 성질 나쁜 개도 데려갈 거래."

"아니."

마지못해 대답은 했지만 눈은 계속 모니터만 노려보았다.

"뭐가 아니야?"

한나가 소리쳤다.

"안 간다고."

"알았어. 알았다고. 혼자서 뭐 하는 거야? 대체."

중얼대는 한나의 발걸음 소리가 멀어졌다.

31-40. 외모 때문에 마음의 병이 생겼다면……

마음의 병?

처음엔 못생기기만 했는데 이젠 못생긴 데다 마음의 병까지 얻었다. 트럭이 날 고통에서 해방시켜 줄 거야. 나는 상상을 해 보려고 애썼다.

오늘같이 추운 겨울 저녁이었다. 작은 밤나무 숲을 가로질러 끝까지 가면 고속도로가 시작된다. 그리고 들판을 따라 난 일직선의 도로를 지나면 다리가 나온다. 그곳에 서면 연신 이어지는 자동차 엔진의 굉음이 저 멀리서 들린다. 다시 그 다리를 지나면 아래로 내려가는 가파른 계단이 수풀에 반쯤 숨어 있다. 예전에 슈테파노의 늙은 개가 그 계단으로 내려가는 바람에 우리가 놀라서 비명을 질렀던 적이 있다.

"베어울프? 베어울프? 돌아와. 내 말 들려? 돌아와."

슈테파노의 목소리는 겁에 질려 잘 나오지도 않았다. 입버릇처럼 귀찮아 죽겠다고 투덜대더니 막상 없어지니까 행여 개가 잘못될까 봐 겁이 났던 모양이다. 다행히 베어울프는 얌전하게 돌아왔다.

"이 바보야……."

슈테파노는 울먹이며 베어울프에게 줄을 묶었고 쭈뼛거리며 끌어안았다.

그 계단, 그 고속도로. 우측 차선엔 주로 트럭들만 다닌다. 결단을 내리고 그곳으로 뛰어들기만 하면…….

바보. 바보. 바보. 바보. 바보.

자디스처럼 할 거야. 나도 성형할 거야. 자디스도 했는데 나라고 왜 못하겠어?

10

크리스마스였다.

미리암이 전화를 걸었다.

나는 내 방의 지그재그 거울 앞에 앉아서 반쪽만 비친 내 모습을 보고 있었다.

"어제 내가 누구 만났게? 맞혀 봐."

미리암이 물었다.

"누구?"

"야스퍼. 너도 알지? 만날 하를레킨에 죽치고 있는 애."

나는 아무 말도 하지 않았다. 내 옆모습은 끔찍했다. 남들이 나를 늘 이런 옆모습으로 본다고 생각하니 소름이 돋았다. 내 코끝은 로켓 발사대 같았다.

"그 애가 뭐라고 했게? 하긴 말을 했다기보다 떠듬거렸다고 하는 게 더 맞겠지만……."

"뭐라고 했는데?"

내가 물었다.

누구도 이 옆모습을 봐서는 안 된다. 하지만 어떻게 해야 그럴 수 있지?

"네 전화번호!"

"뭐?"

내가 놀라서 물었다.

"그 애가 네 번호를 물었다고. 핸드폰 번호. 없으면 집 번호라도 달라더라."

야스퍼의 얼굴이 또렷하게 떠올랐다. 못난이 야스퍼. 못난이 헬레나.

"걔 좀 이상하지 않아?"

미리암이 불쾌하다는 듯 쏘아붙였다.

나는 잠깐 고개를 돌려 거울을 똑바로 쳐다보았다. 지그재그 선이 정확히 내 코를 지나도록 얼굴 위치를 맞추었다. 내 얼굴이 일그러졌다. 내가.

"그만 끊어야겠어."

다급하게 말하고 전화를 끊었다. 심장이 망치질을 했다.

11

몇 분 후 휴대전화가 울렸다. 나는 벨소리에 흠칫 놀랐다. 혹시 그 앤가? 못난이 야스퍼?

말도 안 돼. 미리암이 번호는 안 가르쳐 줬다고 했어. 나는 조심스레 작은 화면을 쳐다보았다.

'슈테파노 스타!'라는 글자가 떠 있었다. 슈테파노가 학교에서 심심해서 내 휴대폰을 가지고 놀다가 자기 이름 옆에 '스타'라는 말을 덧붙여 놓았다. 왠지 몰라도 나는 그 말을 지우지 않았다.

슈테파노가 무슨 일일까? 못난이 야스퍼 소식을 들었나? 온 세상이 야스퍼를 아는 것 같았다. 사람은 못생겨도 유명해진다. 온 도시에 이름을 날린다. 나는 망설이다 통화 버튼을 눌렀다.

"여보세요? 헬레나? 다행이다. 전화 안 받으면 어떻게 하나 걱정했는데……."

슈테파노의 목소리가 평소와 달랐다. 카를로타와 사귀면서부터 나한테는 통 전화한 적이 없었다.

"안녕."

나는 약간 떨떠름하게 대꾸하면서 창밖을 내다보았다. 구름 낀 회색 하늘로 먹구름이 지나갔다. 겨울 하늘, 크리스마스 하늘. 검은 새 몇 마리가 바람에 밀려 이리저리 날아다녔다. 예뻤다.

"너 혹시…… 우리 집에 와 줄 수 있어?"

슈테파노가 물었다.

"나? 왜?"

슈테파노의 집에 가 본 지가 정말 오래되었다. 예전에는 거기서 살다시피 했는데 그 시절이 언제였는지 이젠 기억도 잘 나지 않았다. 슈테파노의 숨소리가 전화기를 통해 들려왔다. 불안한 것 같았다.

"베어울프가…….'

그가 말을 마치지는 않았지만 나는 무슨 일인지 짐작했다.

"그런데…… 카를로타는 어쩌고?"

혹시나 싶어 조심스레 물었다.

"카를로타?"

"응."

"카를로타는…… 이해 못해…….'

슈테파노의 목소리가 조금 전보다 더 잠겼다. 지금의 그는 스타가 아니었다. 지금의 그는 그저 그였다. 스테파노일 뿐이었다.

"알았어."

나는 조그맣게 대답했다.

"정말? 올 거지?"

"응."

한순간 둘 다 말이 없었다. 검은 새들은 여전히 바람에 떠밀려 이리저리 날고 있었다.

"헬레나?"

슈테파노가 나를 불렀다.

"응?"

"고마워."

그사이 할아버지와 루트 할머니가 왔다. 런던에서 아빠가 보낸 선물도 도착했다. 엄마는 부엌에서 음식을 하느라 바빴고 한나는 자기 방에서 매니큐어를 칠하고 있었다. 비틀스가 〈루시 인 더 스카이 위드 다이아몬드〉를 불렀다.

루트 할머니는 트리 장식을 하고, 할아버지는 거실에서 벌써 포도주를 홀짝이면서 세상만사를 잊은 채 책에 빠져 있었다. 연필을 손에 들고 인상을 잔뜩 쓰고서 책 가장자리에 뭐라고 긁적이면서 잘 들리지 않는 소리로 뭐라고 중얼거렸다. 나는 책 표지를 흘깃 쳐다보았다.

《백 년 동안의 고독》

"잠깐 슈테파노한테 갔다 올게."

누구한테라고 할 것도 없이 이렇게 말하고 나는 집을 나섰다.

그 도로, 그 길, 그 앞마당, 그 초인종, 그 현관 냄새, 그 계단참, 삐걱대는 계단 바닥의 소리.

모든 것이 여전했다.

처음 내가 슈테파노의 집에 갔을 때는 우리 부모님이 막 이혼을 했을 무렵이었다. 벌써 10년이 다 되어 간다. 베어울프는 그때도 있었다.

"왔구나."

슈테파노가 앞서 자기 방으로 걸어갔다.

"얼른 와. 혼자 오래 둘 수가 없어."

사진이 걸려 있었다. 여전히. 나, 괴상망측한 회색 그림자, 유령의 집에 붙은 거울 앞에서 허둥지둥 도망치는 나.

나는 얼른 고개를 돌렸다. 그리고 담요 옆에 쪼그리고 앉은 슈테파노를 쳐다보았다. 가느다란 그의 손가락이 담요 위에 누운 개의 등에 얹혀 있었다. 죽어 가는 그의 개.

"이게 심장이야."

내가 옆에 앉자 슈테파노가 말했다. 그 순간엔 내 생김새 따위는 아무 문제도 안 되었다. 빗물 웅덩이 같은 눈동자, 끝이 솟아오른 코, 한가운데가 움푹 파인 턱. 그 순간 나는 그저 나였다. 슈테파노가 그저 슈테파노인 것처럼. 세상은 조용하고 평화로웠다. 가끔씩 베어울프가 힘겹게 숨을 쉬었다. 그것 말고는 아무 소리도 들리지 않았다.

"심장병에 걸린 데다 성질도 더러운 늙은 개 한 마리가 죽는 것이 이렇게 가슴 아플 줄 몰랐어."

슈테파노가 불쑥 한 마디를 던졌다. 그리고 잠시 후 정말로 베어울프가 죽었다. 약간의 경련이 온몸을 훑고 지나간 뒤 깊은 한숨을 쉬더니 그렇게 죽어 버렸다. 슈테파노와 나는 아무 말 없이 앉아 있었다.

고속도로의 다리.

베어울프가 그 가파른 계단을 내려가 버렸던 순간.

죽음이 코앞에 있었다.

그때는 아무 일도 없었는데 지금 녀석이 죽었다.

"에잇."

슈테파노가 신음 소리를 내며 내게로 몸을 돌렸다. 그의 얼굴이 창백했다. 그가 갑자기 어릴 때처럼 나를 보았다.

슈테파노가 나를 빤히 쳐다보았다. 꼼짝도 하지 않고서.

그리고 갑자기 이상한 일이 일어났다. 우리의 얼굴이 슬로비디오처럼 서로에게 다가가더니 슈테파노의 얼굴이 내 얼굴을 눌렀다. 그의 숨결이 느껴졌다. 그의 코, 입, 이마, 체온, 머리카락의 끝자락이.

"잠깐만 이대로 있어 줘."

슈테파노가 속삭였다. 목소리가 평소와 달랐다. 잠겼고 떨렸다.

그 순간이 지났다.

나는 멍한 상태로 자리에서 일어났다.

이제 어쩌지?

어떻게 해야 할까?

뭐라고 말하지?

카를로타가 알면 뭐라고 할까?

슈테파노가 왜 그랬을까?

나는 왜 그랬을까?

"와 줘서 고마워, 헬레나."

슈테파노가 말했다.

"나 혼자였다면 견디기 힘들었을 거야."

우리의 시선이 부딪쳤다.

그가 나를 현관까지 데려다주었다. 우리는 아무 말도 하지 않았다. 앞서거니 뒤서거니 하다가 나란히 걸어 침침한 복도를 지나 문까지 왔다.

다시 한 번 그가 말했다.

"고마워."

나는 아무 말도 할 수 없었다. 머리가 뒤죽박죽이었다.

"밤나무 숲에다 묻어 줄 거야. 너도 알지? 우리 나무 밑에."

그렇게 말하는 슈테파노의 혈색이 조금 전보다 많이 좋아 보였다.

우리 나무 밑에, 라고 그가 말했다.

하지만 그건 그냥 말일 뿐이었다. 그것뿐이었다.

문이 닫혔다.

나는 아주 천천히 집으로 돌아왔다. 수천 가지 생각이 들끓었다.

슈테파노가 내 얼굴을 만졌다. 그의 얼굴로.

누구랑 그렇게 가까이 얼굴을 마주한 적은 처음이었다.

머리부터 발끝까지 떨렸다.

내가 슈테파노를 안 지는 10년이나 되었다.

그가 카를로타를 안 지는 1년밖에 안 되었다.

하지만 나는 어린 시절의 유물이었다. 그 이상은 아니었다.

카를로타는 그의 여자친구였다.

집에 와서 창문을 활짝 열고 습한 찬 공기를 깊이 들이마셨다. 거실에서 다들 내 이름을 불렀다. 밥 먹자고, 파티 하자고, 선물 주고받자고, 건배하자고.

건배를 하며 포도주를 반 잔 마셨다. 그러고 나서도 계속 홀짝홀짝 마셨다. 나는 가만히 앉아서 베어울프와 슈테파노와 우리 사이에 있었던 일과 못난이 야스퍼를 생각했다. 또 내게만 자기 얼굴을 물려준 아빠와 실종된 할머니를 생각했다. 나의 도플갱어를.

"헬레나, 너 무슨 일 있어?"

한나가 물었지만 나는 아무 대답도 하지 않았다. 포도주를 너무 많이 마셨더니 어지러워서 식탁에 놓여 있던 《백 년 동안의 고독》을 읽기 시작했다. 할아버지가 책 가장자리에 써 놓으신 내용도.

이것이 달랐다면 저것이 달랐을 것이다. 저 일이 안 일어났다면 이것도 달랐을 것이다. 더 나았을 것이고 더 합리적이었을 것이고 더 믿을 만했을 것이고…….

제대로 고쳐 지은 세상.

온 가족이 크레니움 보드 게임을 했다. 시끄럽고 정신없는 게임이었다. 나는 말없이 그 모습을 지켜보았다. 아빠가 크리스마스 선물로 보내 준 게임이었다.

한나가 〈싱잉 인 더 레인Singin' in the Rain〉을 흥얼거렸다. 할아버지가 교통경찰을 무성영화처럼 연기했고 루트 할머니가 눈을 꼭 감고 알베르트 슈바이처의 초상화를 그렸다.

모두가 웃었다. 나만 웃지 않았다.

엄마가 자꾸 나를 쳐다보았다. 나는 매번 엄마의 눈길을 피했다. 더 이상 참기가 힘들었다. 혼자 발코니로 나가서 자디스에게 전화를 걸었다.

"안 그래도 돌아 버릴 것 같았는데……."

자디스가 반갑게 전화를 받았다.

"하루 종일 먹고 시끄럽고 너무 지겨워. 마침 전화 잘했어."

"자디스, 물어볼 말이 있어."

다시 마음이 약해질까 봐 나는 얼른 말을 꺼냈다.

"물어봐."

"너 수술했다고 했잖아……."

내 목소리가 떨렸다. 금방이라도 울음이 터질 것 같았다.

"수술?"

자디스가 되물었다.

"아, 코 수술."

그녀가 웃었다.

"근데 그게 뭐?"

나는 침을 삼켰다.

"있잖아……. 그게……. 나도 해야 할 것 같지 않아?"

드디어 말을 꺼냈다. 안도의 한숨이 나왔다. 적어도 말을 꺼내기는 했다.

"무슨 말이야?"

자디스의 목소리에 당혹감이 실렸다. 정말 이해를 못한 것일까? 자디스의 눈에는 이게 안 보이나? 혹시 나를 진짜 친구로 생각하지 않는 건 아닐까?

"내 얼굴 말이야."

나는 화를 꾹 참으며 기어들어 가는 목소리로 말을 뱉었다.

"네 얼굴?"

자디스가 되물었다.

"그래. 내 코, 내 턱."

"코하고 턱을 수술하고 싶다고?"

왜 대답은 안 하고 내 말만 따라 할까?

그 순간 발코니 문이 열리며 갑자기 환한 빛이 쏟아져 들어왔다.

"여기 숨어 있었구나."

엄마가 안심했다는 듯 말했다.

"안에서 계속 찾았잖니."

"그만 끊을게."

나는 얼른 말하고 휴대전화를 껐다.

엄마가 가까이 와서 살피듯 나를 바라보았다.

"요새 무슨 일 있니?"

엄마가 걱정스러운 목소리로 물었다.

"슈테파노네 개가 오늘 오후에 죽었어요."

나는 맥락 없이 중얼대며 어디론가 멀리 가 버렸으면 좋겠다고 생각했다. 슈테파노의 이름을 입에 올리기만 했는데도 벌써 가슴이 아팠다.

"그랬구나."

엄마가 말했다. 엄마는 그 후에도 한참 동안 이런저런 이야기를 늘어놓았지만 내 귀엔 아무 말도 들어오지 않았다.

한밤중에 메일이 왔다.

베어울프를 물어 줬어. 와 줘서 정말 고마워. 넌 세상에서 제일 좋은 친구야.

세상에서 제일 좋은 친구.

내가 되고 싶은 건 그게 아니었다.

12

화가 나서 컴퓨터를 꺼 버렸다. 귀신에 홀린 듯 거실로 달려 나가는 동안 심장이 안에서 가슴을 세게 때렸다. 거실에선 아직도 초 향기가 났다. 크리스마스 냄새, 케이크 냄새, 포도주 냄새. 탁자에 반쯤 남은 포도주 두 병이 놓여 있었다. 나는 깜깜한 창가에 앉아서 몇 번만에 병을 비웠다.

미스 마플이 무릎으로 올라와 낮은 소리로 그르렁거렸다. 슈테파노 생각이 났다. 베어울프가 죽던 그 순간이 떠올랐다. 우리가 얼마나 가까이 있었는지. 나는 슈테파노를 머리끝부터 발끝까지 다 안다. 더부룩한 검은 머리, 갸름한 얼굴, 작은 귓불, 피부 냄새, 가느다란 손가락, 오른손 엄지손가락의 작은 사마귀.

넌 세상에서 제일 좋은 친구야, 헬레나.

취했나?

거실이 살짝 흔들렸다. 어둠이 무겁게 내 어깨 위에 내려앉은 것 같았다. 일어서는데 비틀거렸다. 나는 미스 마플을 안고서 살금살금 방으로 돌아갔다.

아무도 날 좋아하지 않으면 어떻게 하지? 내가 이 모양 이 꼴로 생겨서? 보라색 해골이 나를 비웃듯 히죽거렸다. 나는 멍한 상태로 왕좌에 털썩 주저앉았다.

몸은 피곤했지만 정신은 말짱했다.

나는 기계적으로 다시 컴퓨터를 켰다. 이렇게 늦은 시각에 인터넷에 들어간 적은 처음이었다. 크리스마스 밤이니까. 미스 마플은 불만스럽다는 듯 야옹거렸다. 자고 싶은 모양이었다.

나는 눈을 감고서 구글 검색창에 '성형수술'이라고 쳤다. 어두운 방 안에서 모니터만 환하게 빛났다. 미스 마플이 내 품에서 책상으로 뛰어올랐다.

26만 6000개의 검색 결과. 미스 마플이 자판 위로 올라가서 반짝이는 노란 눈으로 나를 빤히 쳐다보았다. 나는 고양이를 옆으로 밀고 사이트, 정보, 가격, 비교, 뉴스, 성형외과, 코 성형, 다른 수술, 병원 등을 검색했다.

독일인 네 명 중 한 명이 성형을 고민한다……. 그렇다면.

가격은? 독일 가격. 외국 가격. 4000유로. 7000유로. 3000유로. 아, 폴란드는 싸다. 코 교정 2000유로.

링크를 보니 바르샤바의 한 개인 병원에서 루친스키 박사가 할인 가격으로 수술을 한다.

수술 후에는 아물 때까지 코에 부목을 댑니다. 눈이 부을 수도 있습니다. 부기가 가라앉을 때까지 며칠이 걸립니다. 부목은 약 8일 후에 제거합니다. 상태에 따라 추가로 코 내부에도 며칠간 부목을 댈 수 있습니다. 수술 후 치료가 끝날 때까지는 호흡이 힘들 수도 있습니다. 실밥 제거는 하지 않습니다…….

안내문 밑에는 폴란드 의사 루친스키 박사의 사진이 실려 있었다. 그가 나를 향해 미소를 지었다.

"2000유로라."

나는 조용히 혼잣말을 했다. 그동안 용돈을 모아 두어서 1000유로는 있었다.

방법을 찾을 거야.

그러고도 한참 동안 창턱에 앉아서 잠이 든 어두운 거리를 내다보았다. 내가 그토록 싫어하는 얼굴이 얼어서 뻣뻣해질 때까지.

다음 날 아침에 잠이 깨자마자 자디스에게 전화를 걸었다. 아직 8시도 안 되었지만 더 기다릴 수가 없었다. 방 공기가 차가웠다. 어제 잠자리에 들면서 깜빡 잊고 창문을 안 닫았던 것이다. 미스 마플이 바깥 창턱에 앉아서 스핑크스처럼 먼 곳을 바라보았다. 무엇을 보고 있을까? 무슨 생각을 할까?

"나 때문에 깼어?"

내가 불안해서 물었다.

"괜찮아."

자디스가 하품을 하며 대답했다. 나는 무슨 말을 해야 할지 고민했다. 자디스가 먼저 말을 걸었다.

"어젯밤에 네가 한 말 이제 제대로 이해했어. 너 코 수술하고 싶은 거지?"

"내 못생긴 턱도."

내가 조용히 말했다.

"그 턱 보조개 때문에?"

"보조개는 무슨."

내가 신경질적인 어투로 말했다. 한순간 정적이 감돌았다.

"자디스, 뭐 하나 물어봐도 돼?"

"당근이지."

자디스가 대답했다.

"솔직하게 대답해야 해."

"당근이지."

자디스가 같은 대답을 되풀이했다. 다시 정적이 감돌았다. 용기를 냈다.

"나 말이야……. 못생겼지?"

나는 눈을 질끈 감고 온몸에 힘을 준 채 가만히 앉아서 이불을 꽉 부여잡았다.

"어? 아냐. 너 안 못생겼어. 왜 그런 생각을 해?"

자디스의 목소리가 대답했다. 곧바로 대답을 했을까? 조금 망설이다가? 백 년이 지난 후에? 심장이 방망이질을 했다. 기분이 엉망이었다. 엉망이면서도 비현실적이었다.

"거짓말."

내가 속삭이며 미친 듯 뛰는 심장을 한 손으로 눌렀다.

"다들 거짓말만 해. 상처 주기 싫어서. 그래, 상처 줄까 봐 그러는 거야. 하지만 나도 눈이 있어. 장님이 아니란 말이야."

"헬레나, 그게 아니라……."

자디스가 말을 시작했지만 나는 듣지 않았다. 떨리는 손으로 휴대폰을 꺼 버렸다. 몇 초 후 집 전화벨이 울렸다. 다행히 소리를 죽여 놓아서 아무도 깨지 않았다. 자동응답기가 작동했다. 자디스가 메모를 남겼는지는 알 수 없었다. 우리 응답기는 무음으로 녹음을 한다.

나는 꼼짝도 하지 않고 누워 있었다. 세상에, 어쩌자고 그렇게 바보 같은 질문을 했을까? 어차피 아무도 솔직하게 대답하지 않을 텐데.

수술이 필요하다. 수술, 수술이.

13

"엄마, 할 이야기가 있어."

엄마와 식탁에 앉아서 내가 먼저 말을 꺼냈다.

우리는 서로를 마주 보았다. 어떻게 시작해야 할지 망설였다. 한나 언니는 친구네 집에 놀러갔고 할아버지와 할머니는 다시 책과 고양이가 있는 집으로 돌아갔다. 갑자기 엄마의 얼굴이 새파래졌다. 엄마가 나를 노려보았다.

"헬레나? 너 혹시…… 임신했니? 말도 안 돼…….''

엄마의 목소리가 분노와 충격으로 높아졌다. 내가 왜 크리스마스 저녁에 그렇게 침울했는지 이제야 깨달은 것 같았다. 갑자기 모든 것이 선명해진 것 같았다. 왜 내가 예년과 달랐는지. 왜 내가 아무 말도 안 하고 게임도 안 하고 밥도 잘 안 먹었는지.

"헬레나, 말을 좀 해 봐…….''

나는 이를 악물었다. 임신? 내가? 이 못난이 헬레나가? 갑자기 어제 오후 슈테파노의 방에서 일어났던 일이 키스가 아니었다는 사실을 깨달았다. 슈테파노는 너무 슬픈 나머지 내게 의지했던 것뿐이다. 슬픔에 겨워 그 잘생긴 얼굴을 내 얼굴에 기댔을 뿐이다. 슈테파노의 얼굴, 그 완벽한 얼굴을. 자디스의 얼굴도 완벽하다. 슈테파노의 숱 많은 검은 머리카락, 간격이 적당한 검은 눈, 잘생긴 코, 흠잡을 데 하나 없는 하얀 치아, 구릿빛 피부.

"아니야, 임신 아냐."

나는 조용히 그 말을 뱉으며 접시를 쳐다보았다.

엄마가 안도의 한숨을 내쉬었다. 흘깃 보니 당황한 듯 양손으로 머리를 쓸어 올리고 있었다.

"미안하다. 내가 너무 바보 같은 생각을……. 믿어도 되는 우리 딸을. 그래? 그럼 뭐야?"

엄마가 부끄럽다는 듯 손을 내 손 위에 살짝 얹었다.

"아……. 아냐. 아무것도 아냐."

나는 나직이 말하고 얼른 손을 뺐다. 아니야. 말할 수 없어. 뭘 말해? 어떻게 말해?

14

자디스가 새로운 소식을 가지고 왔다. 전혀 예상치 못한 소식이었다. 물론 자디스가 크리스마스 방학 동안 엄마랑 여행을 갔다가 그저께 왔다는 것은 나도 알고 있었다.

"자, 이제 진짜로 이야기 한번 해 보자."

내 침대에 올라가 편하게 자리를 잡은 자디스가 이렇게 말하며 나를 빤히 쳐다보았다. 방학 마지막 날이었다. 자디스는 오늘 우리 집에서 자고 갈 참이었다. 엠마누엘과는 끝났다. 자디스가 휴가를 갔다가 다른 남자아이를 사귀는 바람에 헤어지자고 먼저 통보했다. 여기까지는 이미 전화로 다 들은 내용이었다. 자디스의 엄마랑 할머니가 오늘 저녁에 '서른 이상만 모이는 파티'에 갔다는 것도 알고 있었다.

"엄마는 46살이고 할머니는 69살이야. 그러니까 서른을 넘겨도 한참 넘겼지."

자디스가 히죽대며 말했다.

"그렇게 말렸는데도 말을 안 듣고 말이야. 아마 엄청 구경거리가 될 거야. 전부 젊은 사람들일 텐데 그 틈에 할머니 둘이 끼어서 뭘

하겠다는 건지······."

나는 양반다리를 하고 침대에 앉아 마지못해 미소를 지어 보였다. 방 안 가득 배리 화이트의 〈당신은 나의 처음이자 마지막이며 모든 것You're the First, the Last, My Everything〉이 흐르고 있었다. 오래전부터 갖고 싶었던 CD였는데 자디스가 크리스마스 선물로 사 주었다.

"자, 이제 진짜로 이야기를 좀 해 보자."

자디스가 같은 말을 되풀이했다. 나는 침을 삼켰다. 그동안 줄곧 자디스가 이 말을 꺼낼 것이라고 각오하고 있었다. 절대 잊었을 리가 없다고. 나는 신경질적으로 눈을 돌려 창밖 앞마당을 내려다보았다.

The winter sun, ready to set, glittered beyond the hedge like a cold star, and the trees seemed bare and grey in the diffusing light······.

지는 해가 울타리 너머에서 차가운 별처럼 반짝인다. 노을에 잠긴 나무는 헐벗은 듯 어두워 보인다······.

괜찮은 구절이다. 갑자기 어디다 적어 두고 싶은 충동이 생긴다.

"헬레나? 말 좀 해 봐······."

자디스가 계속 나를 빤히 쳐다보았다.

"말해도 괜찮아. 코를 고치고 싶은 거야? 좋아. 그리고 그 턱의 보조개도?"

나는 어쩔 수 없어서 고개를 끄덕였다. 자디스의 말투가 평소처럼 수다를 떠는 것 같아서 더 비참했다. 지는 해를 보며 떠올렸던 문장은 어느새 머리에서 사라져 버렸다.

"부모님하고 상의해 봤어? 허락하셨어? 하긴 더 중요한 것이 있지. 돈을 주시겠대? 그런 수술은 엄청 비싸."

자디스가 허리를 펴더니 내 어깨에 팔을 올렸다.

"그래서 요새 그렇게 시큰둥했던 거야?"

갑자기 자디스가 소리를 죽여 물었다.

"외모 때문에? 그래? 콤플렉스야?"

온몸이 뻣뻣했다. 뭐라고 대답을 하지? 요즘 들어 거울을 거의 안 본다고? 내 얼굴이 끔찍하다고? 정말 정말 불행하다고?

내가 아무 말도 하지 않자 자디스가 어깨를 으쓱했다.

"애밀랜드에도 외모 때문에 고민하는 사람이 많아. 그래서 수술을 하는 사람도 엄청 많지. 가만 있자……."

자디스가 생각에 빠져 앞을 노려보다가 눈을 꾹 감고 손가락으로 숫자를 세기 시작했다.

"예전에 우리 반 담임선생님, 오하이오에 사는 내 대모님, 학교 옆 약국의 그 뚱보 아줌마, DVD 대여점의 그 아가씨, 우리 무용 선생님, 선생님 여동생 둘……. 전부 다 고쳤어. 아니다. 더 있다. 더 있어……."

자디스가 무릎을 세우고 그 위에 턱을 괴었다. 그러더니 갑자기 히죽 웃었다.

"맞다. 우리 엄마도 몇 년 전에 수술했네. 완전 까먹고 있었지 뭐야. 복벽성형이라고 늘어진 뱃살을 탱탱하게 만드는 수술이었어. 다들 같은 고민을 하는 거야. 가슴이 너무 크거나 너무 작거나, 엉덩이가 너무 크거나 코가 이상하게 생겼거나 뱃살이 늘어지거나……."

머릿속이 빙빙 돌았다.

코가 이상하게 생겼거나…….

자디스가 나를 살피듯 쳐다보았다.

"네 코도 사실 약간 이상하지."

그녀가 조심스럽게 말을 꺼냈다.

"내 말은 뭔가 살짝 모자란 느낌이라고."

그녀가 나를 보며 미소를 지었다.

"미안. 나쁜 뜻으로 한 말은 아냐."

그녀의 눈이 내 얼굴을 훑었다. 그 눈빛에 마음이 아팠다. 나 자신이 초라하게 느껴졌고 빠져나갈 구멍이 없는 것 같았다. 갑자기 자디스가 다른 이야기를 꺼냈다. 자디스는 늘 그랬다. 이 이야기를 했다가 저 이야기를 했다가. 카를로타는 그걸 보고 경박하다고 했다. 미국 사람 아니랄까 봐 가볍다고.

"사흘 전에 섹스를 할 뻔했지 뭐야. 크누트하고. 너도 알지? 2주 전에 베를린에서 만난 애. 조금만 더 나갔으면 정말 했을 거야."

자디스가 기지개를 쭉 펴더니 침대 쪽 벽에 등을 기댔다. 찰랑거리는 금발 머리를 귀 뒤로 넘겼다.

"아, 참, 아모스가 왔어."

처음 듣는 소식이었다.

"누구?"

"우리 집 문제아 오빠. 내가 말했잖아. 지금 집에 왔어. 왜 왔는지
는 아무리 물어도 대답을 안 해. 아빠도 모르더라고. 아모스가 갑자
기 짐을 꾸리더니 독일 가는 비행기를 끊어 달라고 했대. 짜증 나.
완전 잘난 척이야. 그땐 그렇게 노스필드에 있겠다고 우기더니 이번
엔 왜 거길 못 떠서 안달인지⋯⋯."

자디스가 얼굴을 찌푸렸다.

"보면 놀랄걸. 걔야말로 수술을 시켜야 해. 정말 못생겼다니까."

2악장

15

아모스.

그가 부엌에 서 있었다. 당연히 그의 엄마이기도 한 자디스의 엄마와 함께. 물론 두 사람이 모자 사이란 것을 믿기는 힘들지만.

"우리 왔어."

자디스가 짧게 말했다. 밖에는 폭설이 쏟아졌다. 방학이 끝나고 첫 등교일이어서 학교에 다녀오는 길이었다. 휠라는 헨리와 싸웠다. 미리암은 방학이 길었는데도 11학년의 벤 오빠랑 여전히 사귀고 있다. 슈테파노는 아침에 검은 머리에 눈송이를 이고 교실에 들어서면서 나를 향해 미소를 지었다. 하지만 늘 그렇듯 카를로타의 옆자리에 앉았다.

카를로타는 예뻤다. 예쁘고 자신감이 넘쳤다. 방학 전과 다름없이. 하긴 달라질 이유가 뭐 있겠어? 카를로타는 항상 예쁘고 자신감이 넘치는데.

베어울프가 숨을 거두던 순간에 슈테파노와 내가 함께 있었다는 사실은 아무도 모르는 오랜 과거였다. 아무도 관심 없는 과거.

부엌에 서 있던 아모스는 이상하게 생긴 큼지막한 흑갈색의 70년

대풍 선글라스를 끼고 있었다. 집 안이 어두웠는데도. 겨울인데도. 햇빛이라고는 없는데도. 거기에 검게 염색한 긴 머리카락이 심하게 창백하고 갸름한 얼굴을 덮고 있었다. 몸도 끔찍할 정도로 말랐다. 푹 꺼진 왼쪽 뺨에는 문신이 새겨져 있었다.

살짝 기울어진 작은 나비.

보아하니 검은색만 고집하는 아모스의 몸에서 그 나비는 유일하게 색을 띠고 있었다.

아랫입술에 피어싱을 세 개, 오른쪽 눈썹에도 두 개를 더 달았다.

그가 어찌나 한참 동안 나를 쳐다보는지 괜시리 불안불안했다.

"에이……."

그가 말했다. 그리고 고개를 획 돌려 버렸다.

에이? 저게 뭐야? 무슨 인사가 저래?

속이 메스꺼웠다.

"어서 와라, 헬레나."

자디스의 엄마가 나를 보며 미소를 지었다.

"간식은 좀 이따 줄게. 아직 치우지를 못해서……."

자디스네 엄마가 온 집 안에 널린 아모스의 짐을 가리켰다. 아줌마 뒤에는 삐쩍 마른 음산한 그림자처럼 아모스가 서 있었다.

"내 방으로 가자."

자디스가 나를 잡아당겼다.

16

나비는 예쁘다. 하지만 아모스의 뺨에 새겨진 나비는 예쁘지 않았다. 아모스의 창백하고 여윈 뺨에 새겨진 그 살짝 기울어진 화려한 색깔의 나비는 전혀 예쁘지가 않았다.

"에이."

그는 나를 보고 말했다. "에이." 그 말밖에 안 했다. 그리고 고개를 옆으로 획 돌려 버렸다.

에이. 할 수만 있다면 두 번 다시 그를 만나고 싶지 않다.

"한 달 전에 열아홉 살이 됐어."

방에 들어가 문을 닫고서 자디스가 말했다.

"예전에는 아주 정상이었어. 그런데 열다섯 살 때부터, 그래, 대략 그쯤일 거야. 점점 좀비로 변신하더니 지금 저 꼴이 된 거야. 처음에는 오타쿠 정도로 생각했거든? 그런 애들 많잖아. 애밀랜드에도 많아. 노스필드에도 많고. 그런데 열네 살이 되더니 채식에 요가니 환생 요법이니 그런 이상한 짓을 하기 시작하는 거야. 자기가 전생에 독수리였다고 만나는 사람마다 떠들고 다니고. 하늘을 날다가

총에 맞아 죽은 큰 물수리였대. 한번은 그 이야기를 하면서 엉엉 우는 거야."

자디스가 자기 이마를 톡톡 쳤다.

"조금 더 지나서는 생각했지. 그래, 이젠 펑크족이 되었구나. 그러다가 또 생각했지. 결국 그 미친 이모족(스모키 화장을 하고 검은색 계열의 옷을 입는 사람들)이 되었구나. 한동안 미친놈처럼 자기 팔을 칼로 그어 댔거든. 그랬는데 또 좀 있다가는 하루 종일 토할 것 같은 시끄러운 음악만 틀어 놓는 거야. 그래서 아, 헤비메탈족이 되었구나, 그랬지. 근데 다 헛소리고, 아모스는 그냥 미친놈이야. 난 아주 질려 버렸어."

"칼로 그었어?"

나도 들은 적이 있었다. 칼이나 유리 조각, 면도날로 자기 팔을 그어 피를 내는 아이들이 있다고. 자디스가 어깨를 으쓱했다.

"가끔씩. 이유를 물어도 대답을 안 해. 정신 병원에 데려가서 2주 동안 입원시킨 적도 있어. 다시 한 번 말하지만 아모스는 그냥 미친놈이야. 고등학교 다닐 때도 아무도 안 놀아 줬어. 늘 혼자 다녔지. 그러다가 어떤 이상한 놈이랑 어울렸는데 걔가 어느 날 갑자기 사라져 버렸어. 그것 때문에 아모스가 완전히 넋이 나갔었어. 몇 주 동안 방에 틀어박혀서 한 발자국도 안 나오려고 했거든."

자디스가 CD를 틀었다.

"다른 얘기하자."

자디스가 스마트폰을 내밀며 베를린에서 찍은 사진을 보여 주었다. 크누트, 홀로코스트 기념비, 포츠담 광장, 크로이츠베르크, 국회의사당, 브란덴부르크 성문, 크누트가 산다는 헤르만 광장의 노이쾰른에서 찍은 스냅 사진들. 마지막 사진은 자디스와 크누트가 팔짱을 끼고 찍은 셀카였다. 둘이 활짝 웃으면서 입술을 맞대고 눈은 자디스가 손에 쥐고서 쭉 뻗은 스마트폰을 향하고 있었다.

"아모스가 크누트처럼 생겼으면 얼마나 좋을까? 그럼 저렇게 되지는 않았을 거야."

자디스가 한숨을 쉬었다.

맞다. 크누트는 잘생겼다. 정말 잘생겼다.

아모스는?

아모스는 정말 못생겼다. 병들어 삐쩍 마르고 털이 뽑힌 검은 까마귀 같았다.

17

화장실에 가느라 방을 나갔더니 아모스가 복도에 서 있었다. 아무것도 안 하고 그냥 벽에 기대어 서서 팔짱을 낀 채 다른 쪽 복도에 난 작은 창을 보고 있었다.

나는 얼른 고개를 돌리고 그의 곁을 지나갔다. 두 번 다시 그를 만나고 싶지 않다던 조금 전의 바람을 멋지게 실천했다.

"마멀레이드 색 하늘!"

그가 툭 뱉었다.

"네?"

나는 당황하여 걸음을 멈추었다.

아모스는 아무 대답도 하지 않았다. 그저 저 멀리 창밖만 내다보았다.

나도 보았다. 저녁 하늘이 붉게 타오르고 있었다. 정말 예뻤다.

마멀레이드 색 하늘.

어디선가 들어본 말인데 정확히 생각이 나지 않았다.

Marmalade skies……. 노랜가? 영화에서 들었나? 책에서 봤나?

나도 모르게 다시 고개가 아모스 쪽으로 돌아갔을 때 그는 그 자리에 없었다. 소리 죽여 살짝, 그러나 단호하게 문을 닫았다.

차라리 잘됐어.

18

왜 자디스랑 친구가 되었을까? 사실 우린 너무 다른 사람인데. 두 개의 세상처럼. 나보다는 카를로타가 자디스랑 더 잘 맞았을 것이다. 아닌가?

집으로 가는 길, 자디스가 배웅을 하러 따라 나왔다.

"좋아. 성형수술을 하자."

그녀가 그렇게 말하고 내 팔짱을 꼈다. 최근 들어 자주 그랬듯 나는 아무 대답도 하지 않았다. 아모스의 방에서 시끄럽고 괴상한 음악이 쏟아져 나왔다.

"좀비 같으니……."

자디스가 독특한 말투로 한 마디 하더니 인상을 팍 썼다.

"작사도 지가 하고 작곡도 지가 하고 연주도 지가 하고 노래도 지가 하고. 그걸 또 컴퓨터에 집어넣어서 전부 편집을 하셔요. 그럼 우리는 꼭 참고 들어 줘야 하는 거고. 재수 없어. 미국에 그냥 있을 것이지."

어둠 속을 걸었다. 마멀레이드 색 하늘은 오래전에 사라졌다. 보라색 줄무늬 몇 개만 듬성듬성 그려져 있을 뿐 하늘은 온통 암회색이었다.

"싸지는 않을 거야. 어디서 할지 결정했어?"

고개를 젓다가 자디스가 나를 옆에서 보고 있다는 것을 깨달았다. 얼른 고개를 자디스가 있는 방향으로 돌렸다. 누구에게든 옆모습은 보여 주고 싶지 않았다.

"약간 폭을 좁힐 수 있을 거야. 조금 더 부드럽게 휘면 더 여성스러워질 거야. 턱은, 글쎄⋯⋯."

"그만해."

나는 소리 죽여 말했다. 솔직한 마음으로는 그 이야기가 하고 싶었다. 꼭 하고 싶었다. 하지만 말을 꺼낼 용기가 없었다. 자디스가 적임자일 텐데. 자디스 아니면 누구랑 그런 얘길 할 수 있겠어?

그 순간 길가에 정차한 버스에서 한 무리의 아이들이 내렸다. 내가 딱 싫어하는 일이었다. 요즘엔 낯선 애들을 만나는 것이 죽기보다 싫었다. 남자아이 세 명과 여자아이 두 명이었다. 나는 얼른 그들을 외면했다.

"오, 예쁜데."

한 남자아이가 갑자기 소리를 질렀다. 터키나 그 비슷한 동네에서 온 아이 같았다.

"무라트, 그만해. 여자만 봤다 하면 집적거리니?"

여자아이 하나가 말렸다. 짜증이 난 목소리였다.

"무라트, 너 그러는 거 다들 싫어해. 몰라?"

"미안. 하지만 예쁜 애들을 보면 마음이 약해져서 그만."

무라트라는 아이가 말했다. 그 다섯이 우리 뒤를 따라왔다. 젖은 아스팔트를 밟는 그들의 발자국 소리가 정말 가까웠다.

싫어, 싫어, 이런 거 정말 싫어.

"저기, 번호 좀 주면 안 돼?"

무라트의 목소리였다. 당연히 그는 자디스를 불렀을 것이다. 그건 자디스도 알고 나도 아는 사실이었다.

"누구한테 말하는 거야?"

그런 줄 알면서도 자디스가 속삭였다. 나는 입을 꾹 다물고 걸음을 재촉했다.

"무라트, 뭐가 예쁘다고 그래? 예쁘지도 않고만."

짜증 난 음성의 여자아이가 다시 말했다.

"그만 가. 우린 이쪽으로 가야 해. 집까지 따라갈래?"

"야, 여기 좀 돌아봐. 헤이! 여기 봐. 씨, 잘난 척은."

무라트의 목소리가 다시 들렸다. 우리는 계속 걸었다. 추웠다. 따라오던 다섯은 다른 길로 가 버렸다. 그들의 발자국 소리와 목소리가 잦아들었다. 너무 피곤했다.

"그럼 내일 학교에서 봐."

자디스가 인사를 하며 내 뺨에 입을 맞췄다. 그녀의 세상은 평화로웠다. 유일한 걱정이 있다면 아마 아모스일 것이다.

"내가 집에 갔을 때 없어져 버렸으면 좋겠다."

자디스가 투덜거리며 내게 손을 흔들고 오던 길을 돌아서 갔다.
우리는 서로를 바래다줄 때 꼭 이 골목에서 헤어졌다.

19

집에 가면 엄마한테 말을 해야겠다. 한나도 집에 있었다. 거실에
음악이 흘렀다. 비틀스. 노래 중간 부분이었다.

Newspaper taxis appear on the shore waiting to take you away.

Climb in the back with your head in the clouds and you're gone.

Lucy in the sky with diamonds.

신문 택시들이 널 데려가려고 해변에서 기다리고 있어.

너는 머리가 구름에 둘러싸인 채 뒷좌석에 올라 사라졌지.

루시는 하늘에 있지, 다이아몬드와 함께.

이거야. 갑자기 생각이 났다. 이 노래 앞부분. 마멀레이드 색 하늘.
이 노래야.

"헬레나, 왜 그래?"

한나가 신문에 실린 TV 편성표를 보다가 고개를 들었다. 오목하
고 매끈한 이마, 투명한 파란 눈동자, 깎아지른 듯 부드러운 곡선의
코, 예쁜 입, 부드러운 곱슬머리. 1초도 안 되는 짧은 순간에 그 모

든 것이 한꺼번에 눈에 들어왔다.

에이, 에이, 에이!

나는 얼른 음악을 처음으로 돌렸다. 외투도 벗지 않은 채였다.

"왜 그래? 하지 마."

예상대로 한나가 고함을 질렀다. 이건 한나의 CD다. 언니는 누가 중간에 음악을 멈추면 정말로 질색을 한다.

하지만 그러거나 말거나.

바로 이 곡이야.

귀를 쫑긋 세우고 열심히 듣고 있으려니 심장이 두근두근 방망이질을 했다. 왜일까?

Picture yourself in a boat on a river

with tangerine trees and MARMALADE SKIES……!

강에서 배를 탄 네 모습을 떠올려 봐.

오렌지 나무들과 마멀레이드 색 하늘과 함께.

내가 왜 이럴까?

미스 마플의 초록색 눈이 나를 빤히 쳐다보았다. 미스 마플은 한나의 옆쪽 소파 팔걸이에 꼼짝도 않고 누워 있었다. 나는 정신을 차리고 엄마의 방으로 들어갔다.

"엄마, 나…… 성형할 거야."

얼른 말을 뱉었다. 내 말이 너무 빨랐나? 목소리는 떨리고 말은 또렷하지 않았다.

"뭘 하겠다고?"

엄마가 놀라 물었다. 나는 반은 엄마를 보고 반은 창문 쪽을 쳐다보았다.

"코. 코를 고치고 싶다고. 수술할 거야. 그리고…… 턱도. 할 수 있어. 자디스도 수술했대."

말했다. 마침내 말했다. 나는 입을 다물고 엄마가 이런 대답을 해주기를 기대했다. '알았어. 걱정 마. 엄마가 병원 한번 알아볼게.'

나는 겨울이라서 우중충하고 겨울이라서 춥고 겨울이라서 텅 비었고 겨울이라서 황량한 마당을 내다보았다. 비둘기 한 마리가 유연하게 창턱에 내려앉더니 안을 들여다보았다. 회색 점이 찍힌 깃털이 지저분했다.

"왜 안 돼?"

나는 뚱하니 한마디를 던지고 억지로 고개를 딱 1밀리미터만 엄마 쪽으로 돌렸다. 당연히 엄마가 동의하지 않았기 때문이다. 내가 듣고 싶었던 그 말은 아직도 내 마음속에서만 울리고 있었다. 엄마는 나를 뚫어져라 쳐다보았다.

"말도 안 되는 소리 하지 마."

엄마의 예쁜 입이 말했다. 한나의 입과 닮은 입.

"자디스가…… 정말 그런 걸 했다니?"

엄마의 목소리는 믿을 수 없다는 투였다. 저게 무슨 말이야? 그럼 내가 거짓말이라도 했다는 거야? 나는 말없이 고개를 끄덕였다. 엄마는 고개를 저었다.

"생각도 못했네. 우리 집에 놀러 왔을 때는 애가 괜찮아 보이던데."

"미국에선 다 성형을 한대."

내 목소리가 너무 작아서 엄마가 알아들었을지 모르겠다. 비둘기는 날아가고 없었다.

"그래도 그건 아냐."

엄마가 말하며 일어섰다. 뭐 하려는 거지? 날 안으려는 것일까? 왜? 내 몸에 손대는 게 싫다. 나는 지레 한 걸음 물러섰다. 내가 원하는 것은 성형이다.

"헬레나, 슬슬 심각하게 걱정이 되는구나."

엄마가 말했다. 이번에는 알아듣기 힘들 정도로 목소리가 작았다. 나는 얼굴을 문질렀다. 긴장으로 굳은 코가 느껴졌다. 아플 정도로 뻣뻣했다. 거실에서 음악 소리가 멈췄다. 한나와 미스 마플이 들어왔다.

"다들 왜 이래?"

한나가 놀라서 문턱에 멈춰 섰다.

"분위기가 안 좋은데? 싸웠어? 누가 죽었어? 우리 저녁 안 먹어? 둘 다 왜 이렇게 가만히 있어?"

엄마가 한숨을 쉬었다. 하지만 아무 말도 하지 않았다. 적어도 그

이야기는 안 했다. 한나에겐 지금 알리고 싶지 않다. 한나는 제일 마지막에 알았으면 좋겠다. 복도에서 전화벨이 울렸다.

"모르는 번호네."

누군가 싶어 발신자 번호를 들여다본 한나가 말했다.

"받을까?"

"나한테 온 전화면 없다고 해."

나는 중얼거리고 방으로 달아났다.

"또 시작이야."

한나가 짜증 섞인 말투로 내 뒤통수에다 대고 소리를 질렀다.

20

그날 밤 악몽을 꾸었다.

어딘지 모를 딱딱한 침상에 누워 있었다. 얼굴로 빛이 쏟아졌다. 눈부신 빛. 사람들이 빙 둘러서서 나를 노려보았다. 나는 그들을 보지 않으려고 눈을 꾹 감았다. 갑자기 얼굴에 차가운 것이 닿았다.

"괜찮아. 겁먹지 마."

감정이 실리지 않은 낯선 목소리가 말했다.

"이제 수술을 할 거야. 금방 끝나. 메스가 잘 들거든. 끝나면 넌 새사람이 돼. 완전 예뻐질 거야. 지금처럼 못생기지 않을 거야. 다 잘될 테니 우리를 믿어."

화들짝 놀라 눈을 떴다. 놀라서 가빠진 내 숨소리만 어두운 방을 떠 다녔다. 달빛이 침대 옆 바닥으로 나무 그림자를 던졌다.

다음 날 아침 부엌에서 한나가 어젯밤의 그 전화 이야기를 꺼냈다.

"너한테 온 전화더라."

한나는 그렇게 말하며 사과 한 개를 비닐 봉투에 담아 가방에 집어넣었다.

"아담이라던데. 아냐, 아모스라고 했어. 너 바꿔 달라더라. 근데 말투가 좀 이상했어. 너 집에 없다고 하니까 그냥 팍 끊어 버리는 거야. 특이해. 누구야?"

그 순간 엄마가 부엌으로 들어왔다. 나는 대충 대답을 피했다. 아모스? 말이 돼? 자디스의 오빠가? 왜 전화한 거지? 우리 집 번호는 어떻게 알고? 언니가 안 바꿔 줘서 다행이야. 볼품없고 음산한 아모스의 모습이 떠올랐다. 그리고 거의 반사적으로 마멀레이드 색 하늘도 떠올랐다.

"오늘 좀 늦게 간다고 하지 않았어?"

엄마가 물으며 커피를 따랐다.

"아냐. 1교시 생물이야."

한나가 얼른 대답하더니 책과 공책을 가방에 마구 집어넣었다. 한나는 무슨 질문이든 자기한테 한 것으로 생각한다. 늘 저랬다. 돌이켜 생각해 보면 아주 어릴 적부터.

"응."

나는 싱크대 서랍에서 내가 마시는 초코차 티백을 꺼냈다.

"잘됐다. 나도 오늘 아침에 좀 여유가 있는데. 그럼 둘이서 한가롭게 아침을 먹어 볼까?"

엄마가 내 쪽을 보며 미소를 지었다.

"좋겠다."

한나가 한숨을 쉬더니 집을 나섰다. 나는 떨리는 손으로 차를 우렸다. 엄마는 무슨 말을 하려는 걸까? 찻잔에 내 얼굴이 있었다. 뜨거운 차의 표면에 내 얼굴이 둥둥 떠 있었다. 나는 얼른 차를 한 모금 마셨다. 찻잔 속 내 얼굴이 흔들렸고 희미해졌다가 다시 떠올랐다. 나는 눈을 질끈 감고 차 스푼으로 내 얼굴을 저었다. 그동안 엄마는 이야기를 했다. 자기 이야기, 옛날 이야기, 자신의 콤플렉스 이야기, 과거와 현재 이야기. 특히 옛날 이야기를 많이 했다.

"원래 제일 예쁜 나이에 제일 못생겼다고 생각하는 거야. 아무리 뜯어봐도 결점밖에 안 보이고. 누구나 다 그래. 그게 사춘기야."

스푼을 멈추면 얼굴이 돌아와 아주 가까이에서 나를 끈질기게 노려보았다. 눈과 코와 입과 턱. 나는 차를 벌컥 벌컥 마셨다. 너무 뜨거워서 목이 타는 것 같았다. 엄마는 아빠 이야기를 꺼냈다.

"내 눈에는 우리 학교에서 제일 잘생긴 남자였단다."

하하하.

"내 친구들도 전부 아빠한테 반했어."

엄마는 언제까지 날 놀릴 생각일까?

"헬레나, 내 말 듣고 있니?"

내가 통 말이 없자 엄마가 물었다. 아니, 안 들어. 소리라도 지르고 싶었다. 하지만 그러지 않았다. 나는 턱이 아플 때까지 이를 악물었다.

왜 아빠랑 결혼했어? 울부짖고 싶었다.

왜 아빠랑 자식을 낳았어? 아빠 얼굴을 물려받으면 어쩌나 걱정도 안 됐어? 그런 생각은 아예 하지도 않았지? 하지만 나는 소리치지 않았다. 입을 꾹 다물고 한 마디도 하지 않았다.

"우리 생쥐, 엄마 말 들어. 사람을 사랑할 때 코가 잘생겨서 사랑하지는 않아. 가슴이 크다고 사랑하지는 않는단 말이야."

나는 천천히 고개를 들었다.

"응."

나는 마지못해 잠긴 목소리로 대답했다. 나머지 대화는 무의미의 바다로 빠져 버렸다. 비둘기가 돌아왔다. 집 안에 뭐가 있기라도 하듯 다시 빤히 쳐다보았다. 왜 저렇게 지저분할까? 병이 들었을까? 도시에 사는 비둘기는 다 아프다고 했어. 오염된 공기, 거리의 오물 때문에. 우리 아파트 마당에도 늘 비둘기가 우글거린다. 경비 아저씨의 골칫덩이다. 하지만 이 마르고 지저분한 비둘기는 무리와 떨어져 혼자다. 불쌍하고 가엾은 외로운 짐승.

미스 마플이 어디선가 나타나 쿵쾅거리며 창턱으로 뛰어올랐다. 그 바람에 비둘기가 놀라 달아났다. 달아나는 모습조차 외로워 보였다. 나는 벌떡 일어섰다. 너무 격하게 일어서는 바람에 의자가 뒤로 기울면서 부엌 바닥에 쾅 넘어졌다.

나는 미스 마플을 쫓아내고 말없이 부엌에서 나왔다.

내 뒤통수에 쏟아지는 엄마의 눈길이 따가웠다.

21

집 앞에 누가 서 있었다. 이 추위에. 아모스?

이게 무슨……. 왜 저 사람이 저기 서 있지? 우리 집을 어떻게 알았지? 자디스가 가르쳐 줬나? 그건 아닐 거야. 자디스는 자기 오빠를 벌레보다 더 싫어하니까. 그래도 혹시 내 주소를 준 건 아닐까?

어쨌든 아모스였다. 그가 맞은편 담에 기대어 서서 나를 빤히 쳐다보았다. 그가 발로 벽을 차더니 길을 건너왔다.

"왜……. 무슨 일이……?"

나는 시큰둥한 표정으로 물으며 가방을 맸다. 인도의 물웅덩이는 얼었고 나무들은 우중충하고 황량했다. 땅에 떨어진 낙엽들이 발에 밟혀 찢어지고 더러웠다. 기분은 여전히 울적했다.

"할 말이 있어서."

아모스가 내 옆으로 와서 따라 걸었다. 이제 보니 키가 나랑 비슷했다. 커 봤자 몇 센티미터 차이밖에 안 났다. 너무 말라서 실제보다 커 보였던 것이다. 오늘도 흐트러진 검은 머리카락이 커튼처럼 눈을 덮고 있었다. 나는 걸음을 재촉했다. 엄마랑 이야기를 하느라 늦었다.

"뭔데?"

미심쩍은 말투로 내가 물었다. 티는 내지 않았지만 나는 아모스 존슨이 무서웠다. 자살을 하려고 했다지 않았나? 정신 병원에 입원도 했었다고?

"우리는 같은 부류야."

음울한 생각에 빠져 있던 내 귀에 그의 말소리가 들렸다.

"널 보자마자 느꼈어. 아우라. 분위기. 그게 뭐든 난 그렇게 느껴."

나는 걸음을 멈추고 당황한 표정으로 그를 쳐다보았다. 눈이 어딘지는 어림짐작만 가능했다. 검은 머리카락이 코까지 닿아 있었다. 창백한 뺨에 새겨진 옹색한 나비 문신과 여기저기 꽂힌 피어싱이 눈에 들어왔다. 가까이서 보니 혀에도 피어싱을 했다. 발음이 어눌한 것은 그 때문일지도 모른다. 물론 심한 미국식 억양 때문에도 말을 알아듣기가 힘들었지만. 그래도 아모스한테선 그 억양이 유일하게 무섭지 않은 점이었다.

"어쨌거나 그 말을 하려고 왔어. 그럼 다음에 또 봐."

그가 몸을 돌려 달려가 버렸다. 추워 보였다. 어깨를 추켜세우고 손을 검은 외투 주머니에 찔러 넣었다.

"미친놈."

나는 중얼거렸다.

"완전 또라이잖아. 자디스 말이 맞네."

결국 나는 학교에 가지 않았다. 어차피 그 시간에 가 봤자 지각이었다. 담임선생님은 지각을 너무 너무 싫어한다. 재수가 없으면 벌로 문 앞에 서 있어야 한다. 게다가 문을 열고 교실에 들어서면 다들 멀뚱히 쳐다본다.

그러고 싶지 않았다.

아모스는 보이지 않았다. 다행히.

22

일단 스타벅스로 가서 라테 한 잔을 시켰다. 라테라면 내 얼굴이 비치지 않으니까.

옆자리에 앉은 두 젊은 남자가 나를 몇 번이나 쳐다보았다. 내가 느낄 정도로 대놓고 쳐다봤다. 그들은 다른 나라 말로 이야기를 나누었다. 스페인 사람들일까? 이탈리아? 목소리가 너무 작아서 확실히 알 수는 없었지만 왠지 스페인 사람들 같았다. 신경이 쓰여서 화장실에 갔다. 다시 돌아와서는 그 사람들이 내 얼굴을 볼 수 없는 자리에 앉았다.

하지만 곧바로 한 쌍의 커플이 반대 편 옆자리로 와서 앉았다. 젊은 커플이었다. 남자는 내 얼굴이 똑바로 보이는 자리에 앉았다. 그는 앞서 스페인 사람들이 그랬듯 나를 몇 번이나 쳐다보았다. 내가 미쳤나? 헛것이 보이나? 왜 다들 나를 쳐다보지?

한 번은 그 남자가 내 쪽을 보며 희미한 미소를 지었다. 나를 비웃는 걸까? 그가 앞쪽으로 몸을 내밀더니 여자친구에게 뭐라고 소리 죽여 말을 했다. 그녀의 웃음소리가 들렸다. 이제 그녀가 고개를 돌려 나를 볼 것만 같았다.

네 뒤에 앉은 여자애, 정말 특이하게 생겼어. 고개 돌리지 말고 이따가 살짝 한번 봐…….

이런 말을 들은 것 같았다. 이번에는 의자를 넘어뜨리지 않았다. 조용히 조심스럽게 일어섰다. 그러고는 고개를 푹 숙인 채 아무도 못 보게 서둘러 밖으로 나왔다.

이제 어디로 가지? 날이 추웠다. 바람이 매서웠다. 여름이라면 좋겠다. 여름이라면 돌아다니기 편할 텐데. 핸드폰이 징징 울렸다.

너 어디 있어? 왜 학교 안 와?

자디스의 문자였다. 적당한 대답이 떠오르지 않았다.

대답 대신 문득 다른 생각이 들었다. 우리 가족이 다니는 가정의학과 의사 선생님. 어릴 때부터 우리 가족을 진료해 준 분이다. 물론 엄마는 요즘 들어 병원에 대한 불신이 싹트는 바람에 잘 가지 않지만.

대기실이 사람으로 꽉 차 있었다.

"예약 안 했으면 한참 기다려야 하는데."

간호사 언니가 말하며 내 진료 카드를 찾았다. 나는 고개를 끄덕였다.

"어디가 아파?"

"그게……. 선생님한테 직접 말씀드리면 안 돼요?"

내 목소리가 애걸하는 투였다. 다시 핸드폰이 울렸다. 나는 꽉 찬 대기실로 들어가 할머니 두 분 사이 비어 있는 의자에 앉았다. 한 분이 나를 보고 미소를 지었다. 나도 조심스레 미소를 지었다. 이 할머니들 앞에선 흉한 내 옆모습도 부끄럽지 않았다. 노인들은 우리랑 다르다. 천진하고 순하다.

두 시간 넘게 기다렸다. 지루해서 핸드폰을 꺼내 한참 전에 온 문자를 읽었다. 미리암이었다.

너 어디 아파? 나도 결석하고 싶어. 목이 너무 아파. 아 참, 오늘의 뉴스. 카가 슈랑 헤어졌어!!!! 연락해 줘.

카는 카를로타고 슈는 슈테파노다. 슈테파노. 오래전부터 내가 짝사랑했던 아이.

사실을 인정하고 나니 침이 꼴깍 넘어갔다. 절대로 인정하지 않았는데…….

그 순간 간호사가 내 이름을 불렀다.

23

왜 갔을까? 괜히 갔다.

Going to sleep and dying, you look up and realize, then look down and wipe
your eyes, then go back to your stupid life······.

내가 잠들어 죽는다면 넌 고개를 들어 깨닫게 되리라. 그리고 고개 돌려
눈물을 훔치고 다시 따분한 인생으로 돌아가리라······.

"수술? 코 성형? 헬레나, 그게 무슨 말도 안 되는······. 턱도? 네
턱이 어디가 어때서?"

무슨 일이냐고 묻는 의사 선생님의 눈빛이 납덩어리처럼 내 얼굴
을 눌렀다. 나도 모르게 그 시선을 외면했다. 왜 아무도 내 마음을
알아주지 못할까? 왜 아무도 날 도와주지 않으려는 것일까?

무거운 걸음으로 병원 계단을 내려와 거리에 섰다. 차가운 겨울바
람을 맞으며 시계를 보았다. 12시가 가까웠다. 학교는 3시 반은 되
어야 끝난다. 시간이 무지 많았다. 나는 추워서 발을 바꿔 가며 깡충

깡충 뛰었다.

가정의 선생님의 병원은 시립 병원 근처였다. 기왕 여기까지 왔는데 시립 병원에도 한번 가 볼까? 손해될 게 뭐겠어? 병원에 도착해서 정문으로 걸어가는 동안 심장이 방망이질을 했다.

"무엇을 도와 드릴까요?"

안내 데스크에 앉은 뚱뚱한 여자가 물었다. 성형외과. 내가 물어야 할 곳은 그곳이었다. 나는 기어들어 가는 목소리로 성형외과가 어디에 있느냐고 물었다.

"외과? 2층입니다."

외과? 외과에 성형외과도 포함되나? 물어보고 싶었지만 누가 목을 조르는 것 같아 묻지 못했다.

"고맙습니다."

나는 중얼거리고 안내 데스크를 지나 계단으로 올라갔다. 내 발자국 소리가 기분 나쁘게 울렸다. 나는 소리를 내지 않으려고 살금살금 걸었다. 여기저기 온통 문이었다. 그 문들은 전부 닫혀 있었다.

나는 쭈뼛거리며 2층 복도를 걸어갔다. 저 멀리서 사람 소리가 들렸다. 거기 뒤편에 안내 데스크가 있는 것 같았다. 한 걸음, 한 걸음 지나치는 사각형의 작은 창문들을 통해 침침한 불빛이 흘러나왔다.

빛을 받은 나, 빛을 받지 않은 나, 빛을 받은 나, 빛을 받지 않은 나…….

불빛이 서치라이트 같았다. 나는 어두운 그늘이 더 좋다.

드디어 도착했다.

안내 데스크 옆에 '외과 · 성형외과'라고 적힌 안내판이 붙어 있었다. 여기구나. 나는 몰래 숨을 들이쉬었다.

"무슨 일로 오셨어요?"

앉아 있던 간호사가 물었다. 얼굴이 동양인 같았다. 심장이 쿵쾅거렸다. 나는 들릴 듯 말 듯 질문을 던졌다.

"예약했어요?"

나는 고개를 저었다. 그녀가 혀를 끌끌 찼다.

"예약이 없으면……."

간호사의 말투가 거절 같기도 사과 같기도 했다. 정확히 알 수가 없었다.

"그래도."

내가 조용히 말했다.

"어디가 불편해요?"

말을 해야 할까? 어떻게 말해야 하지? 땀이 삐져나왔다. 당황해서 얼굴이 벌겋게 달아올랐다.

그 순간 문이 하나 열리면서 거대한 해마 한 마리가 나타났다. 적어도 내 눈에는 그렇게 보였다. 자세히 보니 아주 뚱뚱한 대머리 남자였다. 머리에는 머리카락이 하나도 없는데 수염은 얼굴을 뒤덮을 만큼 무성했다.

"아, 선생님. 혹시 시간 있으세요?"

예쁜 동양인 간호사가 물었다.

"왜 그래요?"

해마가 그 자리에 멈춰 섰다. 간호사가 내게 용기를 내라는 듯 미소를 지어 보였다. 속이 울렁거렸다. 그래도 어찌어찌 몇 마디는 뱉어 냈더니 해마가 가여운 표정으로 나를 쳐다보았다.

"학생, 이리로 들어와요."

의사가 나를 자기 방으로 데리고 들어갔다.

"앉아요."

그가 의자를 권했다. 그리고 뚫어질 것 같은 눈빛으로 나를 쳐다보았다. 나는 기어들어 가는 목소리를 억지로 짜내서 하고 싶은 말을 꺼냈다. 일단 자디스 이야기부터 했다. 내 친구인데 미국에서 코 성형을 했다고 하더라. 그리고 내 이야기로 넘어갔다. 내가 입을 다물자 세상이 조용해졌다. 벽시계만 째깍거렸다.

"그렇구나."

마침내 해마가 입을 열었다. 나는 말없이 그를 쳐다보았다. 온몸에 힘이 하나도 없었다. 이제 어떻게 되는 걸까?

"셀레몬."

의사가 뜬금없이 이렇게 말하며 나를 말끄러미 바라보았다.

"네?"

"셀레몬 압둘 사라비. 아프가니스탄 꼬마……."

무슨 말인지 도통 알아들을 수가 없었다. 의사가 끙 신음 소리를 내며 일어서더니 서류장에서 얇은 회색 파일을 꺼냈다. 그는 조심스레 그 파일을 열어 작은 사진 한 장을 꺼내 책상에 놓았다. 그러고는 다시 파일을 제자리에 넣고 의자에 앉았다. 일어설 때의 의사처럼 의자가 신음 소리를 냈다.

나는 불안한 마음으로 사진을 쳐다보았다. 뉴스에서, 신문에서 보았던 사진 한 장이 거기 있었다. 눈이 크고 검은 어린 꼬마, 얼굴이 일그러지고 찢겨져 나간 사내아이.

"셀레몬 압둘 사라비. 여섯 살."

의사가 말했다. 갑자기 그의 목소리에 슬픔이 서렸다.

"아프가니스탄 캅둘 근처에 살던 아이란다. 미군이 마을을 폭격했지. 이게 그 결과란다. 아름다운 모습은 아니지?"

나는 말없이 고개를 끄덕였다.

"슬프다는 말로는 다 표현할 수가 없는 모습이지……."

의사는 손가락으로 책상을 톡톡 쳤다.

"셀레몬은 말을 할 수도, 음식을 삼킬 수도, 숨을 쉴 수도 없었어. 그래서 여기 독일로 왔단다. 내가 그 아이를 수술했지. 성형수술. 성형수술은 그러려고 있는 것이란다. 생명을 구하거나 적어도 삶을 견딜 만하게 만들어 주기 위해."

풍뎅이 같은 그의 작은 눈이 다정하게 나를 바라보았다.

"꼬마 아가씨, 넌 충분히 예뻐. 성형 따위 안 해도 돼. 이대로 충분하단다. 인생을 너보다 훨씬 오래 산 늙고 뚱뚱한 해마의 말을 믿

으렴."

해마? 몰래 내가 붙여 준 별명을 그가 직접 자기 입으로 말했다. 그는 무거운 걸음으로 나를 문 앞까지 배웅하고 악수를 청했다. 그의 손이 부드럽고 따스하고 컸다.

"미국 사람들을 정말 지구에서 쫓아내 버렸으면 좋겠구나."

그가 작별 인사 대신 말했다.

"죄 없는 사람들을 폭격하더니 이젠 건강한 코와 가슴과 엉덩이를 제멋대로 잘라 내니. 내가 보기엔 정말 미친 사람들이야."

병원을 나왔다. 머릿속이 빙빙 돌았다. 마음씨 착한 뚱뚱보 의사와 대화를 나누기 전보다 더 기분이 참담했다. 눈에서 눈물이 솟았지만 울지 않았다. 셀레몬 압둘 사라비의 일그러진 작은 얼굴이 머릿속에서 떠나지를 않았다. 하늘은 흐렸다. 흔들리는 암회색 줄이 몇 개 그려져 있었다.

24

12학년 오빠와 사귀게 된 카를로타는 기분이 최고였지만 슈테파노는 비 맞은 강아지처럼 풀이 팍 죽었다. 사흘을 결석하고 휴대전화도 꺼 놓더니 금요일에야 다시 등교를 했다. 얼굴이 핼쑥했다.

"불쌍해라."

휠라가 말했다.

"기분을 풀어 줘야 할 텐데."

자디스가 말했다.

"파티를 열어 주자."

미리암이 높은 창턱에 올라 앉아 다리를 흔들며 말했다. 우리는 전망대에 있었다. 점심시간이었다. 2월이라서 밖은 아직 추웠다.

"날씨가 너무 추워."

휠라가 중얼거렸다.

"터키에 있는 우리 사촌 언니가 오늘 전화했는데 거긴 따뜻하대. 발코니에서 일광욕을 한다더라."

"일광욕을 해? 2월에? 그건 기후 재앙이야."

우리를 따라 전망대로 올라온 옆 반의 라우라가 말했다.

"터키는 여기랑 달라. 날씨가 얼마나 좋은데."

휠라가 입을 삐죽이며 말했다. 그래서 친구들은 터키의 좋은 날씨를 기념하는 뜻에서 파티를 열기로 했다. 장소는 미리암의 엄마가 임산부 요가 강의를 하는 헛간이었다.

"말 나온 김에 내일 밤 어때?"

미리암이 말했다.

"좋아. 내일 밤. 우리 슈테파노를 새 여자친구하고 맺어 주자."

자디스가 말했다. 모두들 웃었다.

"카를로타가 오면 안 될 텐데. 슈테파노가 속상하잖아."

휠라가 걱정스레 말했다.

"누구랑 맺어 주지?"

자디스가 고민을 하느라 아랫입술을 깨물었다. 그러더니 내 쪽으로 고개를 돌렸다.

"헬레나? 너 어때? 너 남친 없잖아."

모두가 웃었다. 내가 잘못 들었나?

"말도 안 돼."

나는 퉁명스레 쏘아붙이면서 그날의 키스를 생각했다. 키스가 아니었던 키스. 베어울프가 죽던 그날의 키스.

"슈테파노하고 나는……. 그냥 좋은…… 친구야. 예전부터……."

"과연 그럴까?"

미리암이 웃었다.

"헨리하고 콘스탄틴도 불러야지. 다들 애들 많이 불러."

화가 나서 머리가 빙글빙글 돌았다. 갑자기 자디스가 너무너무 미웠다. 마음은 그게 아니었는데도.

25

가벼운 음식과 음료, 맥주와 포도주까지 준비되었다.

"얘들아, 술은 쏟으면 안 돼. 담배는 밖에 나가서 피워. 우리 엄마 개코야."

미리암이 여기저기 돌아다니며 잔소리를 했다. 우리 반 애들 절반은 모인 것 같았다. 친구들이 데려온 낯선 아이들도 제법 많았다.

"하를레킨에서 사귄 친구들이야. 라비니아, 릴리, 알료샤. 그 뒤엔 할라와 레베카, 지모, 헨리 친구들."

미리암이 설명해 주었다. 그러나 나는 오면 안 될 곳에 온 듯 마음이 편치 않았다. 얼른 집에 가고 싶었다. 자디스가 엠마누엘을 데리고 와서 모두가 놀랐다.

"너희 다시……?"

미리암이 소리 죽여 물었다.

"아냐. 친구로 지내기로 했어."

자디스가 웃으며 이렇게 말하고는 마룻바닥 여기저기에 놓여 있는 방석 하나를 골라 앉았다. 엠마누엘도 그 옆에 자리를 잡고 앉았다.

"며칠 전에 니네 오빠 봤어."

헨리가 자디스에게 다가와 말을 걸었다.

"검은 박쥐같이 입고서 니네 집 앞에서 엄마랑 차에서 내리던데. 딱 봐도 이상해. 뭔가 좀 음침하고 침울하고……. 얼굴에 그 문신은 왜 한 거야?"

자디스가 눈을 흘겼다.

"아모스 이야기는 하지 마. 생각만 해도 기분 잡치니까. 우리 집도 분위기 안 좋아. 학교를 가든가 기술을 배우든가 해야 할 텐데 고등학교 졸업장도 없는 주제에 아무것도 안 한다니까. 하루 종일 멍하니 창밖만 내다보질 않나, 초딩 같은 그림이나 그리질 않나. 곧 세상이 무너질 것 같은 음악이나 만들고 있질 않나. 어서 미국으로 꺼져 버렸으면 좋겠어. 아빠가 다시 안 받아 줄 것 같아서 그게 걱정이지만……."

다들 이런저런 이야기를 나누었다. 조금 있으려니 슈테파노가 나타났다.

"안 올 줄 알았는데 왔네."

미리암이 좋아서 반갑게 인사하고는 폴짝 뛰어가더니 마실 것을 가져와 슈테파노에게 내밀었다. 나도 애들이 건네준 맥주를 조금씩 홀짝였다. 술은 크리스마스 날 거실에 남은 포도주 병을 비웠던 것이 처음이었다. 사실 술은 맛도 잘 모르겠고 쓰기만 했다.

시간이 조금 지나니까 다들 짝을 지어 놀기 시작했다. 윌라는 헨리하고, 자디스는 엠마누엘하고, 미리암은 할리하고.

취기가 돌면서 정신이 몽롱하고 외로웠다. 미리암이 할리랑 노는 것을 본 벤이 화가 나서 뭐라고 고함을 질렀다. 헨리의 친구 지모가 벤을 달랬지만 벤은 화를 못 참고 집으로 가 버렸다.

나는 고개를 돌려 슈테파노를 찾았다. 순간 내 시선이 얼어붙은 듯 그에게 멈추었다. 그가 하를레킨에서 만났던 릴리하고 사이좋게 팔짱을 끼고 웃으며 이야기를 나누고 있었던 것이다. 카를로타는 어느 사이 까맣게 잊은 것 같았다.

"계획대로 안 되겠는걸."

옆 반 라우라가 내 옆으로 다가와 재미있다는 듯 웃었다. 혼자가 아니었다. 옆에 누가 서서 연신 발을 바꾸며 깡충대고 있었다.

"내 사촌 야스퍼야."

그녀가 내게 그를 소개했다.

"야스퍼는 이번에 의대에 합격했어. 내가 데리고 왔어."

우리는 마주 보았다. 라우라가 소개한 야스퍼는 그 야스퍼였다. 나는 옅은 색의 불안한 그의 눈동자를 똑바로 쳐다보았다.

"우리 아는 사이야."

야스퍼가 말했다.

26

야스퍼와 나. 이번에는 그를 피하지 않았다. 누군가 음악 볼륨을 크게 올렸다. 너무 커서 결국 이웃집에서 항의가 들어왔다. 누군가 음악을 바꾸었다. 비틀스였다.

"비틀스네. 나는 존 레논이 좋더라. 총에 맞아 죽어서 유감이야. 세상엔 미친놈이 너무 많아."

야스퍼가 내 옆에서 속삭였다. 나는 홀짝 홀짝 맥주를 마셨다.

왜 나는 슈테파노에게 내 마음을 고백하지 못할까? 왜 내가 아니라 릴리일까? 베어울프가 죽어서 위로가 필요할 땐 나로 되지만 카를로타와 헤어져 위로가 필요할 땐 나로는 안 되는 것일까?

내 얼굴 때문이야, 내 얼굴. 분명해.

슈테파노랑 밤나무 숲에 가 본 지가 언제였더라? 새 노래가 시작되었다. 〈루시 인 더 스카이 위드 다이아몬드〉.

"내가 좋아하는 노래네."

야스퍼가 말했다. 야스퍼랑 내가 같은 노래를 좋아하다니, 누가 상상이나 할까? 우리가 있는 곳은 헛간 구석이었다. 미리암의 엄마는 여기서 임산부 요가 수업을 한다. 조산원을 운영하는 산파이기 때문이다. 헛간 뒤쪽에는 작은 방이 하나 있었다. 미리암의 엄마가 명상 수업을 하는 방이었다. 바닥에는 부드러운 카펫이 깔려 있었다.

우리는 비틀거리며 나란히 그 방으로 들어갔다.

야스퍼는 의사가 되려고 한다.

닥터 못난이 야스퍼.

그리고 나는 못난이 헬레나. 나는 무슨 일을 하게 될까? 하프를 전공할까? 법학을 공부할까? 글쎄, 모르겠다. 지금은 아무래도 좋았다.

방 안은 어두웠다. 여기선 외모가 아무래도 좋았다. 모든 것이 상관없었다. 누군가의 손길이 필요했다.

그 손길을 야스퍼가 주었다. 그가 나를 쓰다듬었다. 내 온몸을 쓰다듬었다.

나는 여전히 맥주를 들고 있었다. 우리는 바닥에 누웠다. 야스퍼가 내 몸 위로 올라왔다. 그의 몸이 느껴졌다. 어지러워 눈을 감았다. 술 때문에. 여기서 일어나는 일 때문에. 야스퍼의 입술이 내 입술을 찾았다.

27

"나랑 잘래?"

갑자기 그가 물었다.

아니. 나는 생각했다.

그래. 나는 생각했다.

지금 아니면 영원히 안 돼. 나는 생각했다. 미리암의 목소리가 떠올랐다.

야스퍼랑 뭐 하고 있었어? 그 못생긴 바보하고? 못생긴 주제에 아무한테나 들이댄다니까. 상대도 하지 마. 구제 불능이니까.

그때 하를레킨에서 미리암은 그렇게 말했다.

나는 야스퍼의 얼굴을 만졌다. 여기 이 어둠 속에서. 그는 불안해하며 내 얼굴을 쓰다듬었다. 그의 피부가 부드러웠다. 그의 머리카락이 내 이마를 간질였다. 따뜻한 숨결이 내 얼굴에 닿았다. 맥주 냄새가 났지만 싫지 않았다.

그의 손이 내 브래지어 단추를 만지작거렸다.

싫어, 싫어, 싫어. 이건 아냐. 아직 제대로 알지도 못하는데.

몸은 여전히 예라고 말했지만 머리가 아니라고 말했다. 단호하게 아니라고. 나는 야스퍼를 밀쳤다.

"미안."

그가 말했다.

"아냐. 됐어."

나는 이렇게 말하고 어색하게 몸을 일으켰다. 똑바로 걸으려고 했지만 자꾸 비틀거렸다. 어깨가 문틀에 부딪쳤다. 머리가 빙빙 돌았다. 물 속 깊이 빠진 것 같았다. 나는 조심조심 밖으로 나갔다.

마당에 누가 서 있었다. 나무에 기대서. 아모스였다. 또? 누굴 기다리지? 동생? 그는 정말 검은 박쥐 같았다. 털을 쥐어뜯긴 박쥐, 검은 박쥐, 마른 박쥐. 얼굴이 창백하고 뾰족했다. 우리는 서로의 얼굴을 똑바로 쳐다보았다.

"자디스 못 봤어? 데리러 왔는데."

아모스가 운전을? 벌써 운전면허가 있다고? 전혀 그렇게 안 보였다. 하긴 미국에서 왔으니까, 거기선 어린 나이에도 다 운전을 하니까. 아모스도 벌써 열아홉 살이다. 물론 통 그 나이로는 안 보이지만.

"아니, 못 봤는데."

내가 나직하게 말했다. 때마침 어디선가 자디스가 나타났다.

"왜 왔어? 나 오늘 여기서 잘 거야. 엄마한테 문자했는데……."

"알았어."

아모스가 어깨를 으쓱했다. 하지만 그 자리에서 꼼짝도 하지 않았다.

"아모스, 왜 안 가? 가."

자디스가 짜증을 냈다.

"취했어."

아모스가 나를 가리키며 말했다.

"그래서 뭐? 니가 쟤 엄마야? 그래, 좀 취했네. 그게 뭐 어떻다고?"

자디스가 나를 향해 미소를 지었다.

"그렇지? 어디 있었어? 한참 찾았는데."

나는 야스퍼를 떠올렸다. 어디 갔지? 둘레둘레 찾아보았지만 야스퍼는 보이지 않았다. 대신 슈테파노와 릴리가 눈에 들어왔다. 둘은 다정하게 이야기를 하다가 깔깔 웃었다. 나는 입술을 꽉 깨물고 어딘가 기댈 곳을 찾았다. 그게 하필이면 아모스의 팔이었다. 나는 깜짝 놀라서 얼른 그의 팔을 놓았다.

"내가 데려다줄게."

아모스가 나를 빤히 쳐다보았다.

"오케이?"

나는 깜짝 놀라 고개를 끄덕였다. 정말이지 죽을 것처럼 피곤했다.

"저 차를 타고 가겠다고? 여기서 안 자고?"

자디스가 황당하다는 듯 물었다.

"나…… 속이 너무 안 좋아. 머리가 너무 아파. 미안해…….."

"알았어."

자디스가 대답했다.

"그럼 헬레나 좀 데려다줘. 근데 어디 사는지 알아?"

"알아."

아모스가 짧게 대답했다. 자디스가 놀란 표정을 지어 보였다.

"누구야?"

그 순간 미리암과 함께 나타난 할리가 물었다.

"아냐. 몰라도 돼."

자디스가 얼른 얼버무렸다.

"자디스 오빠."

엠마누엘이 대신 대답했다. 자디스가 그에게 눈을 흘겼다.

"가자."

아모스가 내게 말했다.

28

차 안이 추웠다.

"좀 있으면 따뜻해질 거야."

아모스가 난방을 켰다. 나는 옆 좌석에서 그를 쳐다보았다. 아빠 차를 몰래 훔쳐서 운전하는 반항기 많은 꼬마 같았다.

"고마워."

내가 말했다.

"음악 틀어 줘?"

아모스가 물었다.

"맘대로 해."

나는 뒤로 몸을 기댔다. 아모스가 CD를 밀어 넣었다. 자디스 엄마의 자동차였다. 거의 새 차나 마찬가지인 SUV였다. 자디스 엄마의 향수 냄새가 은은하게 풍겼다. 꽃향기였다. 음악이 너무 시끄러웠는데도 아모스는 소리를 줄이지 않았다.

"내가 만든 거야. 2년 전에 미국에서. 마음에 들어?"

"잘 모르겠어."

나는 솔직하게 대답했다. 이상하게 아모스와 같이 있으면 솔직해진다. 갑자기 그런 생각이 들었다.

"눈 감고 기대. 그럼 좀 나아질 거야."

그는 운전을 차분하고 얌전하게 했다. 의외였다. 곧 세상이 무너질 것 같은 그의 음악과는 완전히 달랐다. 비슷한 음악을 자디스네 집에서도 벌써 몇 번이나 들었다. 내가 갈 때마다 그의 방에서 그런 음악이 흘러나왔다.

"그땐 정말 괴로웠어."

갑자기 아모스가 말했다.

자디스는 그가 자살을 시도한 적이 있다고 말했다. 자해를 했다고. 멍하니 앉아 있기만 했다고. 그러다 결국 병원에 입원했다고. 음악의 분위기도 그랬다.

집에 도착했다.

"태워다 줘서 고마워."

내가 조심스레 말했다. 그가 몸을 조수석으로 쭉 뻗어 차 문을 열어 주었다.

나는 엉겁결에 차에서 내렸고 그는 차를 출발시켰다. 이번에도 차분하고 얌전하게. 엄청난 굉음을 내며 차를 무지막지하게 꺾어 미친 듯 달려가는 쪽이 훨씬 어울릴 텐데……. 거리엔 아무도 없었다. 보는 사람이 없는데도 그는 조용히 얌전하게 차를 몰았다.

커브를 돌면서 아모스가 또 한 번 손을 흔들었나? 그랬던 것 같지만 확실치는 않았다.

29

아빠가 전화를 했다. 아무래도 엄마가 아빠한테 내 이야기를 한 것 같다. 그럴 줄은 미처 몰랐다.

"안녕, 나 딜란이야."

아빠가 억지로 밝은 척하면서 인사를 했다.

딜란? 아니, 왜 갑자기 이름을? 친한 척하려고? 아니면 벌써 우리가 가족이었다는 사실을 까먹어 버렸나? 딸이 숙녀가 되니까 아빠라고 하기가 창피해서?

"어떻게 지내? 뭐 해? 언니랑 엄마는?"

나 때문에 엄마랑 전화해 놓고 안 그런 척하기는.

아빠는 지난주에 샘의 앞니가 빠졌고, 짐은 지금 수영하러 갔다고 수다를 떨었다. 또 하프 이야기, 날씨 이야기, 성적 이야기, 학교 이야기를 물었다. 그러더니 갑자기 목소리를 깔았다. 아빠의 말투가 진지해졌다.

"헬레나, 내가 듣기로는 문제가 있다고 하던데⋯⋯."

잠시 말을 쉬며 아빠가 적당한 말을 고르는 것 같았다.

"⋯⋯외모 때문에 말이야."

나는 아무 대답도 하지 않았다. 전화기를 들고서 보라색 해골과 대리석 남자 사이에 끼어 있던 참이었다. 내 방 물건들 때문에 짜증이 난 것은 처음이었다. 대리석 남자의 머리와 코에 먼지가 자욱했다.

나는 집게손가락으로 먼지를 쓸어 훅 하고 불었다. 먼지가 공중에서 사르르 흩어졌다. 때마침 봄기운을 담고서 창으로 비춰 들어온 햇빛 때문에 먼지가 알록달록 색을 입었다. 빛을 받은 먼지는 예뻤다.

"엄마가 그러던데 네가 요즘 아주 까칠하다며? 코를 고치고 싶다고. 정말이니?"

"응."

내가 조용히 대답했다.

"네 턱, 아니, 우리 턱도? 턱이 정말 그렇게 마음에 안 들어? 우리 가족의 턱인데? 그 턱우물 말이야. 우리 어머니도 그랬고 우리 할아버지, 그러니까 네 증조할아버지도 그랬거든. 할아버지 성함이 에버니저였지. 찰스 디킨스의 《크리스마스 캐럴》에 나오는 그 에버니저 스크루지처럼. 기억나?"

"응."

나는 무심히 대답했다. 나 말고도 우리를 버린 아빠와 그의 가족이 나와 턱이 똑같다고 해서 위로가 될까? 더구나 한나와 샘과 짐은 그런 턱이 아닌데…….

아빠는 그 후로도 한참을 떠들면서 나를 달래고 진정시키려고 애썼다. 가수 바브라 스트라이샌드의 코를 들먹이고 훨씬 더 심각한 문제들을 끌어대면서 내 마음을 돌리려 노력했다.

"네가 불치병에 걸렸다고 한번 상상해 봐. 지금 네가 고민하는 문제가 얼마나……."

그러나 결국 아빠는 지치고 말았다. 나도 지쳤다. 그리고 무엇보다 화가 났다.

"그게 그렇게 자랑스러우면 아빠는 왜 평생 수염으로 얼굴을 뒤덮고 다녔는데?"

나는 한마디 쏘아붙이고 침대에 털썩 엎어졌다.

"네가 하라면 당장 밀게. 싹 밀어 버리겠어."

아빠가 질세라 얼른 대답했다.

"아, 됐어."

나는 맥없이 중얼거렸다. 한순간 우리 둘 다 아무 말도 하지 않았다.

"그러니까 성형수술비 안 줄 거지?"

내가 나직이 물었다.

"얼마나 하는데?"

아빠가 잠시 머뭇거리다 되물었다.

"정확히는 몰라. 2000, 3000, 아님 4000유로쯤."

"헉."

아빠가 대답했다.

"안 줄 거지?"

"네가 정말 진심으로 하겠다면, 글쎄, 내가 뭘 해 줄 수 있을지 고민을 좀 해 보자."

런던의 아빠가 지친 음성으로 대답했다.

"내가 돈이 많지는 않지만……."

아빠는 더 이상 말하지 않았다. 하지만 말할 필요도 없었다. 심장이 두근두근 방망이질을 했다.

"아빠, 고마워."

내가 말했다. 갑자기 어둡던 지평선에 한 줄기 희망의 빛이 비춘 것 같았다. 나의 희망, 내 얼굴과 내 인생의 희망.

30

Outside, the trees were in small leaf, the springtime spreading along the branches. At last!

바깥 나무들에는 어린잎이 돋아난다. 봄기운이 나뭇가지로 퍼져 나간다. 마침내!

하룻밤 사이 봄이 찾아왔다. 그사이 두 달이 흘렀고 나는 열일곱 살이 되었다.

수선화, 튤립, 은방울꽃, 개나리, 목련, 모든 꽃이 다 예뻤다.

밤나무 숲도 차츰 예뻐졌다. 봄처럼 아름다웠다. 근처를 지나갈 때마다 멀리서 숲을 바라보았다. 한 달만 있으면 밤나무마다 꽃이 활짝 필 거야. 그럼 찌르레기도 오겠지. 찌르레기를 생각하니, 우리의 숲을 생각하니 가슴 한구석이 아렸다.

생축! 생축!

아침에 자디스가 문자를 보냈다.

미리암은 우리 집에서 같이 잤는데 일어나자마자 나를 끌어안았다. 그 순간 내 휴대전화도 삑삑 울었다.

탄신 감축. 열일곱 살이나 먹었네.

슈테파노였다. 그는 늘 이랬다.

토요일 아침이었다.

"어제 왜 생일 파티 안 했어? 여튼 축하해."

한나가 잠이 덜 깬 얼굴로 내 방으로 들어와 축하 인사를 건넸다. 왜 모두들 파티 타령인지. 슈테파노와 릴리가 커플이 된 그 파티 이후로 나는 그런 자리를 일부러 피했다.

아모스도 그날 이후 한 번도 보지 못했다. 자디스네 집에 갈 때마다 외출했거나 아니면 자기 방에 틀어박혀 귀를 찢을 듯한 얄궂은 음악만 틀어 댔다. 음악을 너무 크게 틀어 놓아서 안을 들여다보거나 노크해 볼 엄두를 내지 못했다. 하긴 자디스 때문에도 그럴 수가 없었지만.

엄마가 내 생일이라고 멋진 아침상을 차려 주셨다. 생일 초도 불었다. 갖고 싶던 책과 CD도 선물로 받았다. 포장지를 뜯으니 편지 봉투가 들어 있었다. 궁금해서 봉투를 열었더니 은행에서 바로 받은 빳빳한 신권으로 500유로로 한 장이 들어 있었다. 나는 너무 놀라 지폐를 빤히 쳐다보았다. 내 평생 처음 만져 본 500유로짜리 지폐였다.

"헐, 웬 돈이 저렇게 많아? 왜?"

한나가 놀라서 소리쳤다. 엄마가 나를 쳐다보았다.

"아빠가 보내 주셨어. 정말로 꼭 하고 싶다면 그 돈을 밑거름으로 삼으라고. 알아들었지?"

"무슨 소리야? 둘이서 무슨 비밀이야?"

한나가 화를 냈다. 엄마는 아무 말도 하지 않을 것이다. 엄마는 나를 지켜 줄 것이다. 나를 망신 주지 않을 것이다. 하지만 어디서 용기가 생겼는지 내 입에서 말이 툭 튀어나왔다.

"나 코 성형할 거야. 턱도."

말해 버렸다. 막상 하니까 생각보다 쉬웠다.

"뭘 해? 그걸 왜?"

미리암이 놀라서 물었다. 한나도 황당하다는 표정으로 나를 쳐다보았다.

그걸 왜 몰라? 다들 눈이 삐었나?

31

며칠 후 혼자서 밤나무 숲에 갔다. 고속도로와 다리를 지나고 나니 길바닥의 돌이 발밑에서 달그락거렸다. 꽃이 활짝 핀 밤나무 숲을 가까이에서 보고 싶었다. 혼자 있고 싶었고 조용히 생각을 하고 싶었다.

슈테파노 생각이 났다. 그 애와 나와 베어울프가. 카를로타와 릴리가.

그런데 그가 거기 서 있었다. 아모스.

여느 때처럼 검은 옷을 입고 옹이 진 큰 밤나무에 기대어 서서 눈을 감은 채 창백한 얼굴을 쳐들어 햇볕을 받고 있었다. 야윈 뺨에 새겨진 나비를 본 나는 걸음을 멈추었다.

아모스가 미소를 지었다.

혼자 여기 서서 가만히 미소를 지었다.

아모스.

미국 사람.

이상해.

친구도 없어.

미쳤어!

그런 생각이 떠올랐다. 왜 이런 말도 안 되는 생각이 떠오른 것일까? 하필이면 지금 이 순간에. 나는 꼼짝도 하지 않고 가만히 서 있었다. 아직 차가운 햇빛 몇 줄기가 환하게 춤을 추었다.

'아모스'는 혹시 혼자라는 뜻일까?

독특한 취향의 음악을 하는 사람.

방향을 잃어버린 사람.

예민한 사람.

내가 소리를 냈나 보다. 아모스가 화들짝 놀라 눈을 뜨고는 주변을 살폈다.

"여기서 뭐 해?"

내가 먼저 아는 척을 하고 천천히 다가갔다.

"생각."

"무슨 생각?"

"내 인생."

아모스가 말했다.

"그리고 네 생각?"

아모스가 눈을 가늘게 뜨고 나를 쳐다보았다. 왜 그랬는지 몰라도 나는 문득 이 작은 숲의 이야기를 꺼냈다. 이 숲이 내게 어떤 의미인지를. 그리고 여름이면 저녁마다 숲 속 나무를 향해 돌진하는 찌르레기 떼의 웅장한 비행에 대해서도.

아모스는 인상을 쓰고 내 말에 귀를 기울였다. 그나마 햇볕을 조금 쪼인 덕분인지 혈색이 훨씬 좋아 보였다.

"한 번 더 이야기해 줘."

내가 말을 마치고 입을 다물자 아모스가 말했다.

"뭐?"

나는 당황해 물었다.

"그 새와 나무 이야기. 한 번 더 해 줘."

아모스가 초조하게 말했다.

"왜?"

내가 물었다.

"그냥. 듣고 싶어서. 이야기도 좋고."

나는 가만히 있었다.

"해 줘."

아모스가 말했다. 아주 짧은 순간이었지만 그의 얼굴에 살짝 미소가 스쳐 지나갔다. 그가 이로 혀의 피어싱을 깨물었다. 탁탁 소리가 났다. 나는 인상을 썼다.

"왜?"

아모스가 물었다.

"그 혀에 한 피어싱, 정말 별로야."

"키스할 땐 짱인데."

아모스가 나를 노려보았다. 도발하는 건가? 나는 처음으로 그의 눈을 보았다. 나와 이야기를 나누면서 그가 머리카락을 옆으로 치웠기 때문이다. 다행히 그 꼴 보기 싫은 선글라스도 끼지 않았다.

아모스의 눈동자는 밝은 파란색이었다. 정말로 예쁜 파란색. 그의 온몸에서 유일하게 예쁜 곳, 유일하게 환한 곳이었다.

"한 번 더 해 줘. 찌르레기 이야기."

그가 졸랐다. 같은 이야기를 또 하자니 바보 같았지만 나는 그를 위해 이야기를 시작했다. 아모스는 밤나무에 기대어 눈을 감고 내 이야기를 들었다.

"고마워. 다음에 또 봐. 나 이제 가야 해."

내 이야기가 끝나자 그가 말했다. 그러고는 뒤도 한 번 돌아보지 않고 가 버렸다.

저거 봐. 자디스 말이 맞아. 이상한 사람이야. 하지만 그가 가고 나니 갑자기 외로움이 밀려들었다.

우리가 같은 부류라고 했지? 그럼 우리의 공통점은 뭘까?

피날레

32

아빠가 문자를 보냈다.

네가 너를 존중하면 다른 사람들도 널 존중해. 사랑한다. 아빠가.

와우. 이 무슨 공자님 말씀? 나는 화학 숙제를 하는 중이었다. 문자를 지워 버리려다 흠칫 멈췄다. 그리고 나도 모르게 그 문장을 화학 공책 맨 뒷장에 베껴 적었다. 왜 그랬는지는 모르겠지만 그냥 그랬다.

그때 복도에 놓인 집 전화가 울렸다.

누구지? 설마 아빠? 신속한 이동통신으로 영국에서 독일까지 전달하신 공자님 말씀이 제대로 도착했나 확인하려고?

나는 일어나 복도로 걸어가서 발신번호 표시창을 들여다보았다. 외국에서 걸려 온 전화는 아니었다. 그런데도 번호가 낯설었다. 호기심에 벌컥 수화기를 집어 들었다. 무엇이든 화학 숙제보다야 낫겠지.

"안녕하세요. 여기는……."

나는 말을 잘 알아듣지 못했다.

"네?"

"……무슨무슨 요양원인데요……."

무슨무슨 요양원? 무슨 말이지?

"모르겐로트 부인 때문에 전화를 걸었습니다. 지금 부인의 건강 상태가 많이 안 좋아서 저희가 수소문해서 가족을 찾았는데요……."

"네?"

내가 당황하여 다시 물었다.

"모르겐로트 부인의 가족이 아니신가요?"

상대방의 목소리가 갑자기 쭈뼛거렸다.

"저는……. 잘 모르겠는데요."

대답은 이렇게 했지만 왠지 심장이 뛰면서 숨이 턱 막혔다.

"소피아 어네스틴 모르겐로트, 윌리엄스 씨와 이혼했고 결혼 전 성은 매켄지예요."

종이가 바스락거리는 소리가 났다. 전화기 건너편의 여자가 종이에 적힌 이름을 읽었다. 심장이 두근거렸다. 아무 말도 나오지 않았다.

"여보세요?"

여자가 초조하게 불렀다.

"윌리엄스 씨 가족이 아닌가요?"

"아……. 맞습니다만……."

내가 나직이 말했다. 우리 할머니, 실종된 할머니. 소피아 윌리엄스. 어떻게 이런 일이?

"아, 다행이군요. 부인께서 상태가 많이 안 좋으세요. 시간이 얼마나 남았는지도 모르겠고……. 그런데 혹시 전화 받는 분은 어떻게 되시는지?"

"저…… 저는 헬레나 윌리엄스고 손녀예요."

"부모님은 안 계신가요?"

"지금 안 계세요."

내가 힘들여 대답했다. 갑자기 오슬오슬 추웠다. 이빨이 딱딱 부딪쳤다. 나는 덜덜 떨면서 바닥에 털썩 주저앉아 전화기가 놓여 있는 낡은 장에 등을 기댔다.

"언제 오시죠?"

여자가 물었다.

"엄마는 오늘 늦게 오실 거예요. 아빠는 런던에 사시고……."

"아."

그녀의 목소리에서 당황한 기색이 역력했다.

"상당히 멀리 사시네. 그럼 좀 곤란한데요. 가족을 찾아서 좋아했는데. 몇 가지 공식적으로 처리해야 할 일도 있고 해서……."

"아빠 전화번호를 드릴게요."

나는 서둘러 대답했다.

"아빠는……. 그러니까 모르겐로트 부인의 아들이죠……."

나는 급하게 아빠의 영국 휴대전화 번호를 불렀다. 하지만 아빠가 모르는 전화번호를 절대 안 받는다는 사실을 잘 알고 있었다. 그리고 건너편 여자가 불러 주는 쾰른 근방의 요양원 주소를 받아 적었다. 퀼른이면 우리 집에서 멀지 않았다. 머리가 빙빙 돌았다.

"무슨 병인데요? 아까 오래 못 사신다고 하셔서……."

"뇌졸중이에요."

그녀가 내 말을 잘랐다.

"보아하니 쓰러지신 적이 이번이 처음은 아닌 것 같아요. 누구든 서둘러 와 주셨으면 합니다만……."

33

어쩌지? 어떻게 하지? 한나는 친구 집에 갔고 엄마는 출장 중이다. 아빠는? 아직은 알리지 않는 편이 좋겠어. 할아버지는? 루트 할머니는? 나는 내 마음의 소리에 귀를 기울였다. 아냐. 두 분은 모르는 것이 좋아. 아직은 아냐.

나는…….

내가 가야 해.

사라졌다가, 실종되었다가 다시 나타난 할머니는 나의 소관이다. 갑자기 그런 생각이 들었다.

쾰른? 뇌줄중?

시간이 얼마나 남았는지도 모르겠고…….

나는 머리카락을 쓸어 넘겼다. 갑자기 찌를 듯 아픈 머리를 양손으로 붙들고 나는 이유도 없이 울음을 터트렸다. 얼굴에서 눈물 자국을 훔쳤다.

아모스 생각이 났다. 아모스는 운전을 할 줄 안다. 나를 도와줄 수 있을 것이다. 자동차가 기차보다 낫다. 기차는 도저히 다른 방도가 없을 때 타기로 하자. 기차는 타고 싶지 않았다. 혼자서는. 더구나

한 번도 상상해 보지 못했고 도무지 사실이라고는 믿기지 않는 이 무서운 만남을 향해 가는 길이라면.

나는 자디스네 집에 전화를 걸었다. 아무도 안 받았다. 휴대전화로 걸었지만 꺼져 있었다. 아, 맞다. 자디스는 오늘 치과에 간다고 했다. 아모스가 휴대전화가 있을까? 있다 해도 어차피 번호를 몰랐다.

만날 집구석에 처박혀서 그 괴상한 음악으로 우리를 괴롭혀.

자디스의 말이 생각났다.

나는 나도 모르게 벌떡 일어나 외투를 입고 집을 나섰다. 미스 마플이 마당까지 따라왔다가 울타리 쪽으로 가 버렸다. 거기 뒷마당 사과나무 곁에 좋아하는 자리가 있었다.

나는 달렸다. 10분 후 숨이 턱까지 차서 자디스네 집에 도착했다.

초인종을 눌렀다. 손이 얼음장이었다. 아무도 문을 열지 않았다. 위를 쳐다보며 귀를 쫑긋 세웠다. 맞다. 아모스의 음악이다. 분명했다. 저런 괴상망측한 음악을 만들어 들을 사람은 아모스밖에 없었다.

다시 초인종을 눌렀다. 또 한 번, 또 한 번, 또 한 번. 갑자기 창문이 벌컥 열렸다.

"도대체 왜 이렇게 시끄러워?"

자디스네 위층에서 중년의 남자가 창밖으로 고개를 내밀고 고함을 질렀다.

"죄송하지만 문 좀 열어 주시면 안 될까요? 급해서요."

내가 애걸했다. 남자는 나를 알아보았다.

"네 친구 좀 전에 나갔어. 그 집 골칫덩이 아들만 있을 거다."

그가 투덜거렸다.

"그 오빠한테 볼일이 있어서요."

내가 얼른 대답했다.

"그 오빠?"

남자가 시큰둥한 말투로 대답했다.

"글쎄, 내가 할 말은 아니다만 그런 애는 상종을 안 하는 게 좋을 거야."

하지만 잠시 후 띵- 하며 현관문이 열렸다. 나는 허둥지둥 위로 올라가 문을 두드렸다. 지금 내 모습은 내가 봐도 딴사람 같았다.

시간이 얼마나 흘렀을까? 머뭇거리는 발걸음 소리가 들리더니 문이 열렸다. 그리고 아모스가 나타났다. 팔을 축 늘어뜨리고 서서 나를 멀뚱멀뚱 쳐다보았다. 파란 두 눈이 붉게 충혈되어 있었다. 눈두덩이가 부은 것 같았다. 술이라도 마셨나?

"자디스 없어."

그가 말하며 문을 닫으려고 했다. 우리가 전혀 모르는 사이인 것처럼.

"알아. 오빠한테 온 거야."

내가 얼른 말했다.

"나?"

그가 놀란 표정으로 물었다.

"왜?"

우리는 서로를 바라보았다.

"혹시……. 술 먹었어?"

내가 눈치를 보면서 물었다. 내 말을 기분 나쁘게 받아들일까 봐 걱정이 되었다. 술을 먹든 말든 무슨 상관이냐고 하면 어쩌지? 하지만 아모스는 무덤덤하게 말했다.

"아니."

그러고는 다시 물었다.

"왜?"

"눈 때문에."

내가 당황해서 얼른 대답했다.

"눈이 빨개서. 그리고 부어서."

"울었어."

아모스가 대답했다.

"근데 나한테 무슨 볼일이야?"

나는 사정을 설명했다. 아모스는 왜 울었을까?

"쾰른에? 지금 당장? 너희 할머니한테?"

그가 당황한 표정으로 나를 빤히 쳐다보았다. 나는 고개를 끄덕였다. 아모스가 한참 동안 나를 살폈다.

"좋아. 가자."

마침내 그가 대답했다. 그는 검은 박쥐 외투를 입고 엄마에게 짧은 메모를 남겼다.

"차를 가져갔다고 화내시지는 않을까?"

나는 걱정이 되어서 조심스레 물었다. 지금 내가 하는 짓이 어차피 미친 짓이지만. 심장이 두근두근 방망이질을 했다.

"괜찮아. 오늘 친구들 만나러 갔으니까 차 필요 없을 거야. 그리고 내 운전 실력 아니까."

아모스가 문을 닫았다. 우리는 나란히 햇살이 환한 계단을 걸어내려왔다. 몇 번 서로의 어깨가 부딪쳤다.

"네가 뭘 가졌는지 알아?"

갑자기 걸음을 멈추고 아모스가 물었다.

"뭐?"

"아름다운 눈."

심각한 표정으로 아모스가 말했다.

"천둥 같은 눈. 널 보면 갑자기 눈에서 사나운 새가 튀어나와 마구 날아다닐 것만 같아."

아모스는 진짜 미쳤다. 미친 거야. 미쳤어.

나는 아무 밀도 하지 않았다.

34

차에 내비게이션이 있었다.

"주소 불러 줘."

아모스가 말했다. 나는 주소를 불러 주었고 아모스가 주소를 쳤다.

"100킬로미터 정도네."

그가 말하고 시동을 켰다. 이렇게 나란히 앉아 있으면 아모스가 고개를 돌릴 때마다 내 옆얼굴을 볼 수 있다. 조수석에 앉으면 항상 그것이 문제였다. 하지만 아모스와 있으니 참을 만했다. 나는 긴장을 풀려고 애썼다.

원래는 그에게 다 털어놓을 생각이었다. 나의 도플갱어 할머니에 대한 이야기를 전부 다. 한 번도 본 적이 없다고, 그런데 갑자기 돌아가시기 직전이라는 전화를 받았다고. 하지만 나는 아무 말도 하지 않았다. 아모스도 말이 없었다. 우리는 고속도로로 진입했고 말없이 달리기만 했다. 이번에는 음악도 틀지 않았다.

이상하게 마음이 편했다. 아모스를 예전부터 쭉 알았던 것 같았다. 사실 나는 그에 대해 아는 것이 별로 없었는데도 말이다. 슬쩍슬쩍 고개를 돌려 그의 마르고 창백한 얼굴을 훔쳐보았다. 아모스는 앞만 쳐다보았다. 그의 코는 약간 길지만 오뚝했다. 반짝이는 푸른 눈엔 긴 속눈썹이 달려 있었다. 휘어진 자디스의 속눈썹과 달리 일직선이었다.

입은 왠지 모르게 아이들의 입 같았다. 반항기가 어린 꽉 다문 입. 피부는 여전히 창백했지만 처음 봤던 그 겨울만큼 심각하지는 않았다.

"조심해라. 눈알 떨어질라."

"미안."

나는 얼른 고개를 돌렸다. 그 순간 휴대전화가 울렸다. 엄마였다. 왜 집에 전화를 걸어도 아무도 안 받느냐며 걱정이었다.

"나도…… 밖에 나왔어."

내가 우물쭈물 대답했다.

"아모스 오빠하고. 응, 자디스네 오빠. 그냥 어디 가고 있어. 걱정하지 마. 안 늦을 거야."

나는 통화 종료를 눌렀다.

"괜찮아?"

아모스가 물었다.

"응."

"화장실 좀 가야겠어."

쾰른에 다 와 갈 무렵에 아모스가 말했다. 그가 다음 휴게소로 들어갔다. 나도 화장실에 갔다. 돌아오니 아모스는 벌써 운전석에 앉아 있었다. 그가 조수석에 놓여 있던 내 전화기를 가리켰다.

"조금 전부터 울리고 있어."

화면에 낯익은 이름이 떠올라 있었다.

슈테파노 스타!

아모스가 나를 살폈다.

"남자친구?"

나는 얼른 고개를 젓고 슈테파노가 누구인지 설명했다. 그리고 이름 뒤에 적힌 스타는 슈테파노가 직접 쳐 넣은 말이라고 덧붙였다.

"좋아하지?"

아모스가 물으며 차를 출발했다.

"응."

나는 나직이 대답했다. 70킬로미터 정도를 조용히 와 놓고 갑자기 아모스가 CD를 집어넣었다.

"스티브하고 같이 녹음한 곡이야. 스티브 스타! 스타는 녀석에게도 어울리는 말이었을 거야. 자기가 엄청 잘난 줄 알았으니까. 그래도 난 녀석이 좋았어. 녀석에게 푹 빠졌지. 2년 전이야. 미국에 있었을 때. 우리 아빠랑 같이 살 때. 아 참. 우리 아빠가 아니구나. 자디스네 아빠지. 자디스가 이야기해 줬지?"

아모스가 내 쪽으로 고개를 돌렸다.

"응, 이야기했어."

내가 대답했다.

"나는 진짜 아빠를 몰라. 엄마가 어릴 때 실수로 임신을 했대. 엄마한테 억지로 알아내서 몇 년 전에 전화를 걸었는데 만나고 싶지 않다고 하더라. 더 이상 전화하지 말라고."

아모스가 얼굴을 찌푸렸다.

"엄마와 자디스 아빠가 이혼했을 때 난 사실 어떻게 해야 할지 몰랐어. 내가 미국에 남겠다고 하면 아빠가 받아 줄지? 내 아빠도 아닌데."

나는 이해했다.

"아빠한테 솔직하게 물어볼 용기는 없더라고. 헤이, 브래드, 나 어떻게 생각해? 그렇게 물어볼 수는 없잖아."

자디스의 아빠 이름은 브래들리 존슨이었다.

"그런데 그때 스티브를 만난 거야. 완전 반해 버렸지. 진짜 미친 듯이 사랑했어. 완전히 돌아 버렸거든. 어떻게 해야 할지 모르겠더라고. 내 감정을 털어놓지도 못했어. 동성애라니! 스티브가 놀라서 도망칠까 봐 겁이 났어. 우리는 같이 작곡도 하고 산책도 했어. 그러다 그날 저녁 그 일이 생긴 거지. 에이……."

아모스가 갑자기 갓길에 차를 댔다. 퀼른이 가까웠다. 그는 멍하니 앞만 노려보다가 양손에 얼굴을 파묻었다. 그리고 말없이 다시 시동을 켰다. 내비게이션의 목소리가 길을 가르쳐 주었다. 10분 후 우리는 목적지에 도착했다.

"감옥 같네."

아모스가 주차를 하면서 말했다.

다 왔다. 바로 여기다!

35

당연하다는 듯 아모스는 나와 같이 안으로 들어갔다. 좋은 생각일까? 저런 괴상한 차림의 남자애를 데리고 임종을 앞둔 늙고 병든 노인을 찾아가는 것이? 우연히 실종된 데다 내 존재 자체도 까맣게 모를 노인을?

"네 머리 지금 완전 엉망이야."

아모스가 말했다. 똥 묻은 개가 겨 묻은 개 나무란다더니. 자기가 할 소리는 아니지.

요양원 건물로 들어가기 전 아모스는 그 흉측한 선글라스로 반짝이는 파란 눈을 가렸다. 뾰쪽한 검은 구두에 달린 은빛 버클 몇 개가 걸을 때마다 딸랑거렸다. 그의 피어싱이 햇빛에 반짝였다. 아모스는 다시 머리카락으로 커튼처럼 얼굴을 가렸다. 홀쭉한 뺨의 나비가 그의 표정처럼 굳어 있었다.

"여긴 죽음의 냄새가 나."

건물로 들어서자 아모스가 울적한 목소리도 말했다.

"나는 죽는 게 무서워. 하긴 사는 것도 무섭지만."

그 순간 내가 나 스스로도 놀랄 짓을 했다. 잠깐 아모스의 어깨를 쓰다듬어 준 것이다. 안내 데스크가 나타나자 나는 얼른 아모스의 어깨에 올라가 있던 손을 거두었다.

"모르겐로트 할머니를 찾아왔는데요."

내가 말했다. 데스크의 여자가 당황한 표정으로 아모스를 쳐다보더니 얼른 고개를 숙이고 책상에 놓인 환자 명부를 들추었다. 그녀가 방 번호를 알려 주었다.

"고맙습니다."

나는 떨리는 목소리로 말했다. 우리는 나란히 계단을 올라 긴 복도를 따라 걸었다.

"완전 돌겠네, 이 냄새."

아모스가 울적한 목소리로 말했다. 걸을 때마다 버클이 딸랑거렸다. 아모스를 돌게 만드는 것이 세상엔 참 많은 것 같았다.

슈테파노가 왜 전화를 했을까?

드디어 도착했다. 안내 데스크의 여자가 알려 준 방이 나타났다.

36

할머니는 여전히 몸집이 좋았다. 백발의 머리는 까치집을 지었다.

"안녕."

우리가 안으로 들어가자 그녀가 인사를 했다. 얼굴이 약간 일그러졌다. 뇌졸중이 저런 걸까? 그 얼굴 한가운데에 우리 가족의 코가 있었다. 우리 가족의 턱도 있었다. 심지어 눈동자 색까지 나와 같았다. 믿기 힘들었다.

"안녕하세요."

아모스가 인사했다. 나는 아무 말도 하지 않았다.

"날이 저무네."

그 순간 난생처음 본 우리 할머니가 슬픈 목소리로 말했다.

"아, 그러네요."

아모스가 대답하며 한 개밖에 없는 방문객용 의자에 앉았다.

"내 인생이 저문다고 해야겠지."

소피아 모르겐로트 할머니가 자기 말을 고쳤다.

"아임 프롬 런던."

할머니가 갑자기 영어로 말했다. 조금 전까지는 완벽한 독일어로 말하더니.

그동안 어디서 살았을까? 할머니는 왜 영국을 떠났을까? 나는 할머니가 훨씬 더 못생겼을 거라고 생각했었다. 나는 쭈뼛거리며 자리에 가만히 서 있었다. 할머니의 눈은 크고 깊었다. 피곤해 보였지만 초롱초롱했다.

"아가씨를 보니까 생각나는 사람이 있네."

할머니가 갑자기 나를 빤히 쳐다보며 말했다. 나는 아무 말도 할 수 없었다.

"헬레나예요. 할머니 손녀예요. 알아보시겠죠?"

아모스가 말했다.

"아니, 우린 한 번도 만난 적이 없어."

내가 나직이 말했다. 아모스가 얼굴을 찌푸렸다. 진작 말을 했어야 했는데. 너무 늦었다.

"헬레나……."

할머니가 내 이름을 불렀다. 이름의 울림에 귀를 기울이는 것 같았다.

"넌 나로구나."

할머니가 문득 이렇게 말했다. 주름진 얼굴에 미묘한 표정이 스치고 지나갔다. 기쁨일까? 혐오일까? 자신의 말이 얼마나 맞는 말인지 할머니는 아실까? 토할 것 같았다. 방 안 냄새라고 해서 복도보다 나을 것이 없었다.

갑자기 할머니가 마음을 굳힌 것 같았다. 얼굴에 화난 표정이 역력했다.

"할 이야기가 많아. 어쩌다 그렇게 되었는지⋯⋯."

할머니의 목소리가 거의 협박처럼 들렸다. 나는 여전히 입을 꾹 다물고 있었다.

"다음에 다시 오너라. 그때 이야기하자. 내가 죽으면 물려줘야 할 돈도 있고. 반가웠다. 와 줘서 고맙다. 사람이⋯⋯."

갑자기 할머니가 고개를 푹 떨어뜨리더니 눈을 감았다. 그러고는 누가 업어 가도 모를 정도로 깊이 잠이 들었다.

"자주 그러셔. 갑자기 잠이 드시거든."

복도에서 만난 간호사에게 물어봤더니 그렇게 대답했다.

"가족에게 연락이 닿아서 정말 다행이다. 상태가 부쩍 안 좋아지셨거든. 심장이 특히 걱정이야."

"하기 싫으면 설명 안 해도 돼."

다시 차에 올랐을 때 아모스가 말했다. 나는 고마운 심정으로 고개를 끄덕였다. 우리는 거의 60킬로미터를 아무 말 없이 달렸다. 아모스가 혀에 달린 피어싱을 달가닥거렸다. 나는 신경을 쓰지 않으려고 애쓰며 묵묵히 앞만 쳐다보았다.

할머니를 찾았다. 할머니를 찾았다. 할머니를 찾았다.

우습게도 생각처럼 못생기지는 않았다. 머리가 복잡했다.

"······그러다 하루는,"

갑자기 아모스가 이야기를 시작했다.

"둘이서, 그러니까 스티브하고 나하고 노래를 만들었는데 생각보다 너무 멋진 곡이 나왔어. 엄청 대단했지. 기분이 어찌나 좋은지 날아갈 것 같았어. 나도 모르게 순간적으로 스티브한테 키스를 해 버렸어."

아모스가 차선을 바꾸었다. 집에 거의 다 와 갔다.

"내가 어쩔 줄 몰라서 가만히 있었더니 그가 내 손을 잡으며 말했어. 자기도 나와 같다고. 마음을 확인하고 나니 정말 미칠 것 같았지. 우리는 사랑을 나눌 수 있는 장소를 찾았어. 그러다 스티브 아빠의 지프차에 들어갔지. '여기선 안 돼. 아빠가 차고에 들어올지도 몰라.' 스티브가 말했어. 우리는 차를 몰고 조금 밖으로 나가 밀밭으로 들어갔어. 그제야 스티브가 마음이 편해졌는지······."

그 순간 내 휴대전화 벨이 울렸다.

"왜 안 받아?"

아모스가 버럭 소리를 질렀다. 그의 눈이 흥분으로 반짝였다. 휴대폰 화면을 보았다. 이번에도 슈테파노였다.

"슈테파노 스타?"

아모스가 눈썹을 치켜뜨고 물었다. 목소리에 비아냥거림이 섞였다. 아모스는 밀물과 썰물 같다. 갑자기 그런 생각이 들었다. 나는 고개를 끄덕였다.

"받아, 얼른."

나는 용기를 내어 통화 버튼을 눌렀다.

"여보세요?"

심장이 두근거렸다. 오늘 하루가 너무 벅찼다. 머리가 돌 것 같았다. 내 사연, 아모스의 사연. 그리고 "너는 나로구나"라고 말한 우리 아픈 할머니의 사연까지.

곁눈으로 힐끗 보니 아모스가 나를 빤히 쳐다보고 있었다. 신호등에 걸린 참이었다. 드디어 우리 동네에 도착한 것이다.

"왜? 무슨 일이야?"

아모스가 내게 그랬듯 나도 슈테파노에게 버럭 소리를 질렀다.

"깜짝이야. 왜 소리는 질러?"

슈테파노가 놀라서 되물었다.

"미안."

내가 말했다.

"너 어디야?"

슈테파노의 목소리가 당황한 듯했다.

"집에 전화했더니 어머니가 받으셔서 네가 자디스네 오빠하고 어디 갔다고 하셨어. 정말이야? 그 이상한 놈하고?"

"응."

내가 짧게 대꾸했다.

"아."

슈테파노가 대답했다. 그 말뿐이었다.

"왜 전화했어?"

내가 캐물었다.

"그냥 수다나 떨까 하고."

슈테파노가 얼버무렸다.

"릴리하고 싸웠거든. 그래서……."

"……그래서 나한테 전화를 걸었어? 너 필요할 때만?"

나는 그의 말을 자르고 버럭 화를 냈다.

"아니, 나는……."

슈테파노는 말을 이으려고 했지만 그러지 못했다. 내가 전화기를 확 꺼 버렸기 때문이다.

차가 우리 집이 있는 도로로 접어들었다.

"이야기를 하다가 말았는데……."

내가 조심스레 말을 꺼냈다.

"중요하지 않아. 전혀. 안 해도 돼."

아모스는 저번처럼 팔을 쭉 뻗어 조수석의 문을 열어 주었다. 표정이 딱딱하게 굳어 있었다. 아모스한테서 좋은 냄새가 난다는 사실을 처음으로 깨달았다. 그의 피부에서 향기가 났다. 부드러운 냄새? 다정한 냄새? 봄의 향기? 뭐 그런 냄새가.

"쾰른에 또 갈 일이 있으면 전화해."

그 말을 남기고 아모스는 떠났다.

37

그날 아빠에게선 아무 소식이 없었다. 아직 소식을 못 들은 것 같았다. 우리 집에도 더 이상 요양원에서 전화가 오지 않았다. 나로 만족한 듯했다. 아모스와 내가 찾아간 것으로 만족한 것 같았다, 일단은. 물론 또 무슨 일이 있으면 연락이 오겠지만.

엄마와 한나는 히치콕의 옛날 영화를 보면서 나초를 와삭와삭 먹고 있었다.

"헬레나, 우리 영화 보는데 같이 볼래?"

"아니, 아직 화학 숙제 다 못 했어. 잘 자."

조금 있다 자디스에게서 전화가 왔다.

"헬레나, 너 미쳤어?"

자디스가 인사도 없이 다짜고짜 따졌다.

"아모스랑 같이 차를 탔다고? 왜? 너도 자살하고 싶어? 너 어디 아프니?"

자디스의 발음이 오후에 치과에서 뿌리 치료를 받았던 탓에 불명확했다. 나는 전화를 하면서 컴퓨터를 켰다. 전화기를 턱과 어깨 사이에 끼웠다. 쾰른 근처 성형외과. 시험 삼아 검색창에 이렇게 쳐 넣었다. 쾰른은 멀지 않다. 차만 있으면. 아모스만 있으면.

홈페이지가 근사한 병원 한 곳을 발견했다.

코 교정, 턱 교정, 광대 성형, 이마……

그 밖에 많이들 하는 일반적인 성형도 있었다. 가슴 확대, 가슴 축소, 지방 흡입, 뱃살 축소, 다리, 엉덩이. 내가 지금 가진 돈은 1500유로였다.

다음에 다시 오너라. 그때 이야기하자. 내가 죽으면 물려줘야 할 돈도 있고.

유산을 받을지도 모른다. 그 생각을 하니 머리가 빙빙 돌았다.

"헬레나? 뭐라고 말 좀 해 봐."

자디스가 안달을 했다.

"아모스라고, 아모스!"

바탕 화면의 개인 사진 파일을 클릭해서 옆얼굴이 나온 내 사진을 찾아냈다. 또렷하지는 않았지만 옆얼굴 사진은 그것 한 장밖에 없었다. 나는 하는 수 없이 그 사진을 불러내서 쾰른 병원의 수술 전후 비교 창에 올렸다.

"자디스, 나는 아모스가 그렇게 이상한 것 같지 않아."

그 말을 하는 동안 나도 모르게 인상을 썼다.

"헬레나!"

자디스가 화가 나서 소리를 질렀다.

"이봐요, 아가씨? 아모스는 미쳤어. 돌았다고. 네가 아직 뭘 몰라서 그러나 본데……"

우리는 한동안 이런저런 이야기를 더 나누다가 흥분해서 전화를 끊었다. 이유는 모르겠지만 속이 울렁거렸다. 나는 떨리는 손으로 수술 전후 비교 창에 들어간 내 사진에서 코와 턱을 마킹했다. 마우스를 두 번 클릭했더니 턱이 둥글어지고 코가 매끈해졌다.

나는 넋을 잃고 그 사진을 쳐다보았다.

저게 나야. 아니, 저건 내가 아냐. 몇 군데만 살짝 바꾸어도 저렇게 된다. 한쪽은 내가 아는 나. 다른 쪽은 바뀔 수 있는 나.

더 예뻤다. 달랐다. 낯설었다.

그 순간 슈테파노한테서 문자가 왔다.

미안. 내가 잘못했어. 그런 뜻이 아니었는데. 나도 알아. 난 바보야.

어쩌라고? 나는 어질러진 침대로 휴대폰을 확 집어던지고 다시 화면을 노려보았다. 나는 마우스를 개인 사진 파일에 대고 두 번 클릭했다. 모두 열한 장이 있었다. 자디스하고 찍은 사진, 미리암하고 찍은 사진, 휠라하고, 엄마하고, 한나하고 찍은 사진. 미스 마플하고 찍은 사진도 있었다.

어릴 적엔 사진 찍히는 것을 별로 싫어하지 않았다. 하지만 최근 들어서는 정말 싫었다. 그래서 사진 속 나는 항상 불안한 억지 미소를 짓고 있었다. 창피를 당할까 봐 늘 겁이 났다.

내 눈길이 마지막 사진에 멈추었다. 학교 축제에서 미리암과 내가 나란히 서서 케이크를 팔고 있었다. 저게 미소일까? 내 표정은 불안하고 신경질적이었다.

하지만 내 눈은······.

나는 사진을 자세히 들여다보았다.

아모스가 내 눈을 뭐라고 불렀지?

천둥 같은 눈? 내 눈을 보면 사나운 새가 나타나서 이리저리 날아다닐 것 같다고 했다.

미쳤어. 완전히 미쳤어.

아모스는 미친 게 분명해.

38

그날 밤 수련 연못에 빠진 꿈을 꾸었다.

숨이 막혀 허우적대다가 잠이 깼다. 꿈에서 온 힘을 다해 연못 가장자리로 헤엄쳐 가서 무언가를 움켜잡았다. 한참을 잠이 안 와서 뒤척이다가 빠른 시간 안에 다시 쾰른에 가 봐야겠다고 생각했다.

동이 틀 무렵 깜빡 잠이 들었다가 또 꿈을 꾸었다. 폭풍이 몰아치는 하늘을 새들이 큰 소리로 울면서 날아갔다. 그 모습이 무척 예뻤다. 하지만 무섭기도 했다. 예쁘지만 무서웠다.

"한 번 더 데려다줄 수 있어?"

나는 두근거리는 마음으로 전화기에 대고 물었다. 자디스는 친구들하고 시내에 가고 없었다. 일요일이었다. 쾰른에 다녀온 지 이틀밖에 안 지났다. 여전히 아무도 할머니 일을 모르는 것 같았다.

"알았어. 언제?"

아모스가 선선히 대답했다.

"지금 어때?"

내가 나직이 물었다.

"좋아. 마침 엄마도 나가고 없으니까."

한 시간 뒤 아모스가 나를 데리러 왔다. 음침한 분위기의 검은 옷에 선글라스. 여느 때와 같았다. 이번에도 그는 입을 꾹 다물었다. 표정도 굳어 있었다.

나도 입을 다문 채 내가 대체 무슨 짓을 하는 것인지 고민에 빠졌다. 왜 가족들에게 알리지 않는 것일까? 할아버지와 아빠는 알 권리가 있다. 두 분에게도 할머니가 아직 살아 있으며 건강이 안 좋다는 사실을 알아야 할 권리가 있다. 그런데도 왜 나는 입을 다물고 있을까?

그리고 왜 이 미친 아모스하고 차를 타고 가고 있을까?

아모스가 검은 청바지 주머니에서 낑낑대며 CD 한 장을 꺼내더니 차 안 플레이어에 밀어 넣었다. 의외로 그가 작곡한 곡이 아니라 비틀스였다.

〈엘리노어 릭비Eleanor Rigby〉, 〈히어 컴즈 더 선Here Comes the Sun〉, 〈루시 인 더 스카이 위드 다이아몬드〉…….

"이야기하지 말 걸 그랬어."

〈루시 인 더 스카이 위드 다이아몬드〉가 막 시작되자마자 그가 우울한 목소리로 말했다.

"스티브 이야기 말이야. 다 지난 일인데."

내가 뭐라고 말해야 하나? 나는 아무 말도 하지 않았다.

"……어쨌든 그곳에 갑자기 스티브의 아빠가 나타났어. 개를 데리고 산책을 나온 거야. 날이 어둑한데 자기 지프가 밀밭에 서 있으니까 놀라서 안을 들여다본 거지. 처음엔 상황을 이해하지 못하다가……."

아모스의 낯빛이 어두워졌다.

엄마한테는 하루 종일 애들하고 시내에 가서 놀 거라고 말했다.

그런데 그 순간 또 휴대전화가 울렸다. 나는 놀라 흠칫했다. 왜 이놈의 전화기는 아모스가 말을 꺼내면 꼭 울리는 걸까?

"슈테파노 스타야?"

그가 하던 말을 멈추고 물었다. 목소리에서 약간의 경멸이 느껴졌다. 적어도 내 느낌은 그랬다.

"몰라."

나는 중얼거리며 가방에서 휴대전화를 꺼냈다.

"빨리 받아."

아모스가 초조한 기색으로 채근했다. 런던. 화면에 글자가 떠 있었다.

"아빠네."

나는 깜짝 놀라 중얼거렸다. 그리고 본능적으로 통화 버튼을 눌렀다.

"헬레나?"

아빠가 특유의 목소리로 흥분하여 외쳤다. 아빠가 알았다! 목소리를 듣자마자 나는 깨달았다. 요양원에서 포기하지 않고 계속 아빠한테 전화를 했던 것이다. 그리고 결국 어제 저녁, 첫 공연 직전에 아빠가 전화를 받았다. 전화번호도 이상한 데다 이렇게까지 집요하게 계속 연락하는 사람이 대체 누군가 궁금했던 것이다.

"너는 벌써 만났다면서?"

아빠가 고함을 지르다시피 했다. 정신이 나간 사람 같았다. 이렇게 흥분한 아빠 모습은 처음이었다.

"왜 말 안 했니? 왜 혼자 갔어? 할머니는 어때? 뭐라고 하셨어? 말 좀 해 봐."

"나는……. 그냥……."

마지못해 입을 떼기는 했지만 뭐라고 말을 해야 할지 몰라 머뭇거렸다.

"아빠, 올 거야?"

그래서 대답 대신 이렇게 조용히 물었다.

"안 갈 거야!"

아빠가 소리쳤다.

"뭐, 갈지도 모르지. 언젠가는. 지금은 아냐. 일단은 생각을 좀 해봐야 할 것 같아. 아, 머릿속이 완전히 뒤죽박죽이라서……."

우나? 목소리가 우는 것 같았다. 어쨌든 아빠는 인사도 없이 전화를 팍 끊어 버렸다.

요양원에 금방 도착했다.

"어쨌거나."

예의 그 낡은 계단을 나란히 걸어 오르면서 다시 아모스가 말을 꺼냈다.

"스티브네 아빠가 차 문을 벌컥 열고 우리를 끌어냈지. 스티브는 너부러져서 바닥에 가만히 누워 있었어. 나는……."

아모스가 걸음을 옮길 때마다 손가락 마디로 계단참을 톡톡 쳤다.

"너는?"

내가 물었다. 그의 말을 들으면서 채근을 한 적은 처음이었다. 전에는 감히 그럴 용기가 나지 않았다.

"스티브 아빠가 나를 때렸어. 나를 발로 밟았어. 침을 마구 뱉으면서 성난 황소처럼 길길이 날뛰었지. 스티브는 꿈쩍도 하지 않고 가만히 누워 있었어. 눈을 멍하니 뜨고 있다가 가끔씩 껌뻑껌뻑거리면서 나를 보고 있었어. 스티브 아빠가 내 옷을 몽땅 벗기고 다시 발로 밟았어. 나는 너무 맞아서 의식을 잃었고. 정신을 차리고 보니 스티브는 사라지고 없었어. 스티브네 아빠도, 내 옷도, 지프차도. 나혼자 발가벗은 채 밀밭에 뒹굴고 있었지. 속이 울렁거려서 다 토했어. 그리고 그대로 한참 동안 누워 있었어. 온몸이 피투성이였고 여기저기 붓고 멍도 들었고……."

아모스가 잠시 말을 멈추었다. 우리는 벌써 한참 전에 할머니가 있는 방 앞에 도착했다. 아모스는 숨김없이 다 털어놓았다. 그가 이 이야기를 하는 것이 오늘이 처음이라는 느낌이 들었다. 그날의 일을 내게 처음으로 털어놓는 것 같았다.

그러니까 아모스는 그 사건 때문에 미쳤던 것이다. 자해를 하기 시작했고 자살을 시도했으며 그러다 결국 정신 병원에 입원까지 하게 된 것이다. 갑자기 그런 확신이 들었다. 나는 어찌할 바를 모르고 그를 쳐다보았다.

"들어가자."

아모스가 말했다. 긴장한 나머지 그의 입술이 하얗게 질려 있었다. 하지만 나는 꼼짝도 할 수 없었다. 머리가 터질 것 같았다.

"어찌어찌 겨우 집에 돌아갔어."

그다음에 어떻게 되었냐고 내가 묻기라도 한 것처럼 아모스가 다시 설명을 시작했다. 나는 감히 물어볼 수가 없었다.

"홀딱 벗고 있으니까 누가 날 볼까 봐 엄청 겁이 났어. 온몸이 안 아픈 데가 없었고. 그래도 아무한테도 말하지 못했어. 아무한테도. 하긴 옷만 입으면 상처가 잘 보이지도 않았거든."

아모스가 방문을 열었다.

"그 후로 스티브는 두 번 다시 못 봤어. 몇 주 후에 온 가족이 이사를 갔다는 소식을 들었지."

"아, 아가씨하고 보이스카우트가 왔네."

편찮으신 우리 할머니가 문 앞에 서 있는 우리를 발견하고서 이렇게 말했다. 할머니는 담요를 두르고 창가 의자에 앉아 있었다. 그 모습이 비스듬히 쓰러진 산 같았다.

"보이스카우트 맞지?"

할머니가 궁금하다는 표정으로 아모스에게 물었다.

"아니에요."

아모스가 대답하면서 선글라스를 벗었다.

"저런, 아니네."

할머니가 사과를 했다.

"예전에 나는 걸스카우트였는데. 학교 다닐 때 말이야. 다른 애들보다 키가 한참 컸지. 거인이었어. 그래, 너는 펑크족이야. 그 말을 하려던 거였어. 펑크족. 보이스카우트가 아니라. 나는 런던을 잘 알아. 거기에 펑크족들이 많아. 미친 것들. 하지만 나쁜 애들은 아냐. 못되지도 않았고. 너는 눈이 하늘처럼 파란 펑크족이구나. 정말 매력적이야."

할머니의 눈길이 내 쪽을 향했다.

"너는 내 손녀고. 기억이 난다. 저번에 여기 왔었지. 이름이 뭐였더라? 그리스 신화에 나오는 여자였는데. 아, 생각났다. 헬레나. 미녀 헬레나. 헬레나 때문에 트로이 전쟁이 일어났지."

나는 귀를 틀어막고 싶었다. 저 말은 이제 그만 듣고 싶다. 정말 질릴 만큼 많이 들었다.

"딜란의 딸이지. 내 말이 맞지?"

난 힘없이 고개를 끄덕였다.

"우리 아들은 어때? 잘 지내니? 올해가 몇 살이지?"

나는 아빠의 나이를 알려 드렸다.

"마흔여섯? 아이고, 세상에."

할머니가 중얼거렸다.

잠깐 정적이 감돌았다. 아모스는 다시 손님용 의자에 앉았고 나는 그 옆으로 가서 섰다. 아모스가 혀의 피어싱을 가지고 놀았다. 앞니로 피어싱을 씹을 때마다 나지막하게 달그락 소리가 났다.

"그런 코로 살기 힘들지?"

뜬금없이 할머니가 물었다.

"내 코도 그렇게 생겼으니까. 딜란도 그렇고. 그래도 딜란은 남자애니까 크게 힘들지 않겠지만……."

남자애……. 하마터면 웃을 뻔했다.

"내가 보니까 너도 그렇구나. 좀 괴롭지? 마주 선 사람이 콧구멍을 바로 볼 수 있잖아. 여기 사람들은 들창코라고 부르더라만."

너무 당황한 나머지 귀에서 윙윙 소리가 났다. 우리가 있는 작은 방으로 큰 파도가 밀려오는 것 같았다. 충격과 당황과 수치의 큰 파도가.

아모스가 들으면 안 되는데.

나도 듣고 싶지 않았다.

할머니란 사람이 어떻게 이렇게 무례하고 매정하고 못되고 악랄할까? 땀이 등을 타고 줄줄 흘러내렸다. 나는 아무 대답도 하지 않았다. 창피해서 아모스 얼굴을 쳐다볼 수 없을 것 같았다. 남편과 어

린 아들을 버리고 떠났던 이 사람과는 더 이상 한 마디도 나누고 싶
지 않았다.

이 방에서 얼른 나가고 싶었다.

39

"나는 헬레나 코 괜찮은데요."

정적을 깨고 아모스가 말했다. 할머니가 고개를 끄덕였다.

"그래, 맞아. 코가 그래도 잘 살 수 있지."

할머니가 아모스의 말에 동의했다.

"하지만 어렸을 때는 나도 힘들었어. 내 코와 좋은 친구가 되기까지 제법 긴 시간이 걸렸으니까."

나는 두 사람을 보지 않으려고 고개를 숙였다. 둘 다 미친 것 같았다. 아모스는 인상을 찌푸린 채 자리에 앉아 있었다. 나는 슬쩍 그를 보았다가 얼른 다시 고개를 숙였다. 할머니도 고개를 숙였다. 갑자기 나지막이 코 고는 소리가 들렸다.

"잠드셨어."

아모스가 하나마나한 소리를 했다. 나는 그를 쳐다보지 않고 고개를 끄덕였다.

"어쩌지?"

아모스가 쭈뼛거리며 물었다.

"가자."

내가 서둘러 말했다.

"기다리면 깨시지 않을까?"

아모스가 말하며 혀의 피어싱을 앞으로 쭉 밀어 앞니 사이에 끼웠다.

"아니, 얼른 가."

내가 말했다.

"알았어."

아모스가 일어서며 말했다.

"네가 가자면 가야지."

"로잘린."

그 순간 할머니가 고개를 번쩍 들며 말했다. 초록색과 회색이 섞인 눈동자가 다시 초롱초롱해졌다.

"바베트, 루실라. 또, 잠깐만. 메리앤과 신시아. 내가 아는 ……만 꼽아도."

"뭐라고요?"

아모스가 물었다.

"여자들."

할머니가 담담하게 말했다.

"아직 살아 있니?"

"누가요?"

아모스가 또 물었다.

"벤 윌리엄스, 그 개새끼."

할머니가 대답했다. 아모스가 어깨를 으쓱했다.

"모르겠는데요."

그가 당황하여 나를 쳐다보았다.

"네."

내가 나지막이 대답했다.

"목숨이 질기구나."

할머니가 단호하게 말하더니 멍하니 창밖을 내다보았다. 바람 부는 하늘로 새 몇 마리가 날아갔다.

"철새가 돌아오는구나."

할머니가 말했다.

"예쁘기도 하지. 난 철새가 좋아. 어디 사니? 결혼은 했니?"

"네."

나는 또 같은 대답을 했다.

"근처에 사세요. 루트……, 루트 할머니하고 사세요."

할머니는 고개를 끄덕이고 아모스를 향했던 눈길을 내게로 돌렸다 다시 아모스를 쳐다봤다.

"잘 어울리는구나, 너희 둘. 그래도 너무 빨리 끝까지 가면 안 돼."

할머니가 시선을 내게 고정하고 나를 뚫어져라 쳐다보았다.

"눈 깜짝할 새 임신이 되거든."

내가 놀라서 흠칫하는 사이 아모스가 옆에서 실실 웃었다. 그가 그렇게 웃는 모습은 처음이었다.

"내가 그랬지. 내가 임신을 하는 바람에 벤 윌리엄스는 나랑 결혼했어. 우린 정말 안 어울렸는데. 나는 그보다 키가 훨씬 컸지. 훨씬 똑똑했고 훨씬 유머 감각도 있었고."

뇌졸중 때문에 삐딱해진 얼굴이 곰곰이 생각에 잠겼다.

"키도 크고 똑똑하고 유머 감각도 있었어."

할머니가 그 말을 또 한 번 했다. 그리고 다시 한 번 더 했다. 그러더니 더 이상 말을 하기 싫은지 순식간에 잠이 들었다. 나중에 아모스는 할머니가 분명 우리 질문을 피하려고 잠이 든 걸 거라고 말했다. 할머니의 숨소리가 갑자기 거칠어지면서 색색 소리가 났다. 가끔은 무서울 정도로 한참 동안 숨을 안 쉬다가 갑자기 푹 내쉬었다. 그런 모습을 보고 있자니 할머니에겐 숨을 쉬는 것 자체가 정말로 중노동이라는 생각이 들었다.

"난 할머니가 좋아."

차로 돌아왔을 때 아모스가 말했다.

"할머니는 정말로 키가 크고 똑똑하고 유머 감각이 있어."

우리는 차에 올라 문을 닫았다.

"할머니가 말한 그 여자들 이름은 뭘까?"

차가 출발하자 내가 물었다.

"할아버지가 바람을 피운 여자들이 아닐까 생각해."

아모스가 입을 삐죽하며 말했다.

"우리 할아버지가?"

나는 깜짝 놀라 소리쳤다.

아모스가 고개를 끄덕였다.

"어쩐지 그런 뉘앙스가 풍겨. 내가 왜 너한테 다 털어놓은 줄 알아? 스티브 이야기 말이야."

"아니."

나는 우물거리며 대답했다. 내가 아는 그 할아버지가, 내가 너무나 사랑하는 우리 할아버지가 할머니를 그런 식으로 속였다는 생각에 나는 여전히 제정신이 아니었다.

"사실은 나도 모르겠어. 그냥 그렇게 됐어."

아모스가 중얼거렸다.

돌아오는 내내 우리는 한 마디도 하지 않았다. 차가 우리 집으로 가는 도로로 접어들고 나서야 아모스가 입을 열었다.

"그때 나는 스티브가 미운 게 아니었어. 스티브네 아빠가 미운 것도 아니었고. 그런데도 마음이 사막 같았어. 얼음 사막. 거대한 얼음 사막."

그가 차를 세우고 조수석의 문을 열었다. 뻗은 그의 팔이 내 상체를 스쳤다.

"안녕."

그가 말했다. 그 말뿐이었다.

나는 뭔가 할 말을 찾았다. 그에게 해 줄 멋진 말을. 그러나 머릿속이 빗자루로 싹 쓸어 낸 것처럼 휑했다.

"안녕."

결국 나도 그 말만 하고 차에서 내렸다. 이번에는 아모스가 빠른 속력으로 달려가 버렸다.

그날 밤 휴대전화가 울렸다. 아모스였다.

"아임 어 조커, 아임 어 스모커, 아임 어 미드나잇 토커."

인사도 없이 그가 다짜고짜 랩을 읊었다.

"왜 그래?"

나는 잠에 취해서 물었다.

"노래야. 옛날에 만든 노래. 라임이지."

전화기 저편에서 아모스가 말했다.

"그냥 잘 자라는 인사를 하고 싶어서."

문득 어떤 생각이 들었다.

"아모스?"

"응?"

"우리 처음 만났을 때, 부엌에서 날 보고 '에이'라고 했잖아. 왜 그랬어?"

아모스는 아무 말도 없이 가만히 있었다. 나는 속으로 괜히 물었다고 후회를 했다.

"그냥 첫눈에 네가 좋았어."

아모스가 불쑥 그렇게 말했다.

"누구도 좋아하고 싶지 않았거든. 스티브 때문에. 그 일 때문에. 그런 감정이라면 정말 넌더리가 났거든. 그런 것들은 정말……."

그가 갑자기 전화를 뚝 끊었다.

40

아모스와 할머니가 서로를 좋아하는 것은 둘이 어딘가 닮았기 때문이다.

"새 인생을 시작하려면 떠날 수밖에 없었어"라고 할머니는 말했다.

"새 인생을 시작하려고 이곳에 왔어"라고 아모스는 말했다.

"나는 사람들하고 잘 지내지 못했어. 벤 윌리엄스하고는 더더욱 그랬지. 그래서 가끔씩 나는 내 눈이 다른 사람들하고 다른 것을 본다는 생각을 했단다"라고 할머니는 말했다.

"내 머리는 정상이 아냐. 난 다른 사람들하고 달라"라고 아모스는 말했다.

할머니는 1971년에 집을 떠났다. 혼자서. 무작정.

"떠날 수밖에 없었단다."

세 번째로 할머니를 찾아갔던 날, 할머니는 아모스와 내게 말했다. 할머니의 눈빛은 우울했다. 이번에는 침대에 누워 있었다.

"심장이 말을 잘 안 들어서."

왜 누워 계시냐는 우리의 질문에 할머니는 이렇게 대답했다. 그리고 잠시 후 문득 옛날이야기를 꺼냈다.

"그때 벤이 날 또 속였다. 정말이지 너무 힘이 들었지. 나는 슬픔에 빠진 뚱보 거인이었으니까. 그래서 떠났단다. 멀리, 아주 멀리. 지구를 반 바퀴쯤 돌았을 거야. 시간도 많이 흘렀고. 언젠가부터는 돌아갈 용기가 나지 않았지. 그러다가 오토를 만났어. 오토 모르겐로트. 건축가였는데 한 번도 날 속인 적이 없는 남자였지. 나는 오토랑 결혼했어. 오토는 1년 전에 세상을 떠났단다. 정말 좋은 남자였는데. 그는 나를 사랑했지."

아모스가 생각에 잠긴 표정으로 고개를 끄덕였다.

내일이면 아빠와 아빠의 가족이 런던에서 올 것이다.

엄마와 언니는 이미 다녀갔다.

"가족이 너무 많아."

할머니가 어리둥절하고 지친 표정으로 말했다.

갑자기 많이 일들이 한꺼번에 일어났다.

한 번은 시내에서 야스퍼를 만났다. 여자애랑 같이 있었다.

"헬레나, 오랜만이네."

야스퍼가 안절부절못하며 인사를 했다. 불안한 그의 눈동자는 여전히 잠시도 한곳에 집중하지 못했다. 한꺼번에 온 사방을 쳐다보는 것 같았다. 그를 보자 자동적으로 그날 미리암네 헛간에서 있었던 일이 떠올랐다. 그도 지금 그 생각을 할까?

"여기는 레아야."

야스퍼가 말했다.

"안녕."

레아가 인사했다.

"안녕."

나도 인사했다. 우리는 헤어져 각자 가던 길을 갔다. 둘이 사귀나? 확실하지는 않지만 그런 것 같았다. 레아는 예뻤다. 예쁘고 자신감이 넘쳤다.

"아모스가 변했어."

학교에서 자디스가 말했다.

"너를 만나더니 달라졌어. 네가 어떻게 했는지는 모르겠지만 예전하고 달라. 하고 다니는 꼴은 여전한데 직업 교육 받을 데를 찾고 있더라고. 징조가 좋아."

아빠가 독일에 왔다. 아내와 아이들을 데리고. 아빠와 내가 할머니를 보러 올라간 사이 세 사람은 주차장에서 놀았다.

"건강이 좋지 않으셔."

문 앞에 섰을 때 내가 조심스레 말했다.

"그래, 알아."

아빠가 조용히 대답했다. 문고리를 쥔 아빠의 손이 떨렸다. 우리는 안으로 들어갔다. 작은 요양원의 방에서 우리 셋이 만났다. 나는 혹시 몰라 할머니의 손을 잡았다. 무슨 일이 일어날지 예상이 되었기 때문이다.

나는 두 사람을 쳐다보았다. 거기에 내 얼굴이 있었다. 3세대를 거쳐 온 나의 얼굴이.

"왜 그랬어요?"

그 순간 아빠가 화난 황소처럼 고함을 질렀다.

"왜? 왜 그랬냐고요? 어떻게 우리한테 그럴 수가 있어요? 어떻게 나한테 그런 짓을 할 수가 있냐고요?"

할머니는 놀라지 않았다. 그냥 차분하게 그 모든 일들을 다시 한 번 들려주었다. 아빠는 침대 옆에 앉아 할머니의 이야기에 귀를 기울였다. 아무 말 없이, 꼼짝도 하지 않고, 멍하니. 잠시 후 짐과 샘과 아빠의 아내가 들어왔다.

"가족이 너무 많아."

할머니는 또 그 말을 했다. 목소리가 힘이 없고 몹시 피곤했다. 그래도 짐과 샘과 한참 동안 악수를 나누었다.

나는 할아버지 댁에 갔다. 루트 할머니와 고양이들도 만났다.

"그래. 네 할머니가 왔다며? 소식은 들었다."

할아버지가 중얼거리며 나를 지나 창밖으로 눈길을 돌렸다. 뭐라

말할 수 없는 표정이 얼굴에 떠올랐다. 나는 아무 대답도 하지 않았다. 뭐라고 해야 할지 생각이 나지 않았다. 할아버지는 침울한 눈빛으로 나를 보았다.

"내 이야기를 했겠구나."

마침내 할아버지가 말했다. 나는 고개를 끄덕였다.

"좋은 이야기는 아니었을 것이고."

나는 할아버지를 쳐다보았다. 주름진 얼굴, 헝클어진 머리, 근심 어린 눈동자, 그 아래로 쪼글쪼글한 눈물주머니.

"할아버지가 안 그러셨다면 아빠도 엄마 없이 자라지 않았을 거예요."

내가 나직이 말했다. 할아버지는 말없이 고개만 끄덕였다. 그래도 오토 모르겐로트 할아버지가 우리 할머니를 사랑해 주어서 정말 다행이었다.

루트 할머니는 여전히 고양이들하고 있었다. 지난밤에 또 어미 고양이 한 마리가 새끼를 낳은 모양이었다. 나는 잠시 할머니에게 들러 작별 인사를 했다. 할머니는 손짓으로 인사만 했을 뿐 고양이들 곁을 떠나지 않았다.

할아버지가 루트 할머니하고 살면서도 그랬을까?

그 질문에 대한 답은 앞으로도 영영 알 수 없을 것이다.

이틀 후 한밤중에 할머니가 돌아가셨다. 그날 밤 쾰른에는 천둥 번개가 쳤다. 할머니는 혼자서 돌아가셨다.

"에이."

그 소식을 듣자 아모스는 말했다. 우리는 그의 방에 있었다. 자디스도 함께였다. 내가 아모스에게 쾰른에 데려다줘서 고맙다고 선물을 갖다 주러 간 참이었다.

"이게 뭐야?"

아모스가 당황하며 물었다.

"헬레나의 대리석 반신상."

나를 대신해 자디스가 대답했다. 전날 나는 하늘색 아크릴 염료를 사다가 대리석 남자를 깨끗하게 색칠했다.

"무덤 같은 방에 드디어 산뜻한 색깔이 하나 들어왔구나."

자디스가 말했다. 나는 일부러 아모스의 눈동자와 같은 하늘색을 골랐다.

"맙소사."

아모스가 고개를 저으며 중얼거렸다. 그 말뿐이었다. 선물에 대해서도 더 이상 말이 없었다. 하지만 내가 집에 가려고 일어서자 그가 다시 입을 열었다. 자디스는 없었다.

"둘 다 좋은가 봐."

그가 문득 말했다.

"뭐?"

내가 물었다. 가끔은 아모스의 이런 대화 방식이 신경에 거슬릴 때가 있었다. 뜬금없이 한 마디 툭 내뱉는 대화 방식. 내가 아는 사람들 중에 아모스만큼 뜬금없는 사람도 없었다.

"여자도 좋다고."

아모스가 우물거리며 말했다. 그게 좋은 일이 아니라 성가신 일이라는 듯.

"너 때문이야. 내 말은 스티브를 좋아했던 것만큼 네가 좋다는 거야."

그의 눈동자는 여느 때처럼 선글라스 뒤로 숨었다. 내가 말을 꺼내기도 전에 그가 다시 말을 이었다.

"그런데 지금은 파비도 있어. 최근에 만났는데 동물원에서 일해. 동물원 사육사가 꿈이래. 요즘엔 너만큼 파비도 좋아졌어. 그래서 나도 동물원 사육사 교육을 받아 볼까 고민 중이야. 등록도 해 놨고……."

아, 그랬던 거였다. 아모스가 선글라스를 벗었다. 머릿속이 윙윙 돌았다.

"하지만 너한텐 슈테파노가 있잖아. 슈테파노 스타."

그가 눈썹을 치켜뜨며 말했다. 나는 희미하게 미소를 지으며 말했다.

"내가 지금 무슨 말을 해야 하는 거야?"

아모스가 내 앞으로 바짝 다가왔다.

"왜?"

내가 물었다.

"네 언니, 봤어. 네가 전에 뭐라고 한 줄 알아? 너보다 언니가 예쁘다고 했어. 그런데 나는 네가 훨씬 더 예뻐."

그리고 그가 살짝 내 입술에 입을 맞추었다. 세상이 멈춘 것 같았다. 자디스가 우리를 보지 못했기를 바랐다. 우리는 바로 그 자리에 서 있었다. 처음 만났던 날 함께 마멀레이드 색 하늘을 보았던 그 자리에.

"안녕."

아모스가 인사하고 방으로 들어갔다.

실종되었다 다시 나타났고 그러다 돌아가신 할머니는 유산을 남겼다. 오토 모르겐로트 할아버지가 할머니에게 남겨 준 돈이었다. 손자 한 명당 3000유로, 그리고 아모스에게도 3000유로. 나머지 재산은 아빠한테로 돌아갔다.

"나머지는 아들에게. 돈으로는 아무것도 되돌릴 수 없겠지만……."

할머니는 돌아가시기 전날 직접 쓴 유언장에 이렇게 적었다.

"3000유로? 말도 안 돼."

아모스가 어쩔 줄 몰라 하며 소리쳤다.

"똑똑하고 유머 감각도 뛰어나시며 키도 크신 할머니, 만세! 너무 일찍 돌아가셔서 애석하지만."

나는 어땠냐고? 내 수중에 돈이 무려 4500유로나 있었다. 믿을 수가 없었다.

"그걸로 뭐 할 거야?"

자디스가 궁금해하며 물었다.

"수술할 거야? 그 돈이면 하고도 남을 텐데……. 며칠 전에 괜찮은 성형외과 광고를 봤어. 못하는 수술이 없더라고……."

내 눈길은 천천히 자디스를 떠나 아모스에게로 넘어갔다. 여동생의 말을 듣는 그의 얼굴에 희미한 미소가 스치고 지나갔지만 아모스는 아무 말도 하지 않았다. 며칠 전 그가 내게 하프 연주를 해 달라고 부탁했다.

나는 아모스와의 키스를 떠올렸다.

안 할 것이다. 수술은 받지 않을 것이다. 문득 그런 확신이 들었다.

그 순간 휴대전화가 울렸다.

숲에 왔어. 우리 집에 강아지가 새로 왔어. 이름은 미스터 윌리엄스야. 지금 여기로 올래?

슈테파노가 보낸 문자였다.

"잘 보려면 마음으로 보아야 해. 가장 중요한 것은 눈에는 보이지 않거든."

– 앙투안 드 생텍쥐페리Antoine De Saint Exupery, 1943년

사랑하는 한국 독자 여러분,

"잘 보려면 마음으로 보아야 해. 가장 중요한 것은 눈에는 보이지 않거든." 이 아름다운 구절이 담긴 앙투안 드 생텍쥐페리의 《어린 왕자》는 지금으로부터 70년도 더 전에 세상에 나왔습니다. 1975년에 우리 어머니는 이 구절을 나의 시 노트에 적어 주셨지요. 그로부터 20년 후 나는 그 말을 다시 어린 우리 딸의 시 노트에 적어 주었답니다. 그리고 어느덧 또 20년이 흘렀네요. 최근에 나는 소셜미디어에서 이런, 난생처음 이런 말을 들었답니다.

"웃음 주름을 없애려고 신경독(보톡스)을 주입한다니 이 얼마나 끔찍한 세상인가?"

정말이지 끔찍한 생각입니다. 그런데도 '성형수술로 행복을 찾겠

다는' 사람들이 끔찍할 정도로 늘어나고 있습니다. 아직 어린 청소년들까지 다리를 늘이고 코를 '똑바로 세우고' 가슴을 확대하고 가짜 근육을 배에 집어넣고 턱과 광대뼈와 허리와 입술과 눈을 '고치는' 세상이니까요.

여기에 언론이 솔선수범합니다. 미국에선 '아름다움'을 위해 몸에 칼을 대지 않은 유명 여배우를 찾아보기가 힘듭니다. 거기다가 요즘은 사진까지 포토샵으로 수정을 하니까 청소년들이 언론에서 '손대지 않은 진짜 몸'을 구경하기가 힘듭니다. 무슨 세상이 이 모양일까요?

이런 세상에서 어떻게 살아야 할까요? 무엇을 기준으로 삼고 무엇을 믿어야 할까요? 어디서 자의식을 얻을 수 있을까요?

나는 1980년대에 청소년 시절을 보냈습니다. 머리를 염색했었죠. 핑크, 보라, 초록, 온갖 색깔로 알록달록 물을 들였답니다. 몸에 딱 달라붙는 레깅스를 입었고 몇 년 동안 양쪽 색깔이 다른 짝짝이 신발도 신고 다녔지요. 그래도 그때는 상대적으로 살기가 수월했어요. 내 코는 들창코는 아니었지만, 좀 뻥을 치자면, 말을 할 때마다 코끝이 살짝 움직이는 '특이한 코'였죠. 아, 물론 지금도 내 코는 여전히 그 코입니다. 나도 내 코가 그렇다는 것을 잘 알았기 때문에 마음이 불안했던 순간들이 있었어요. 그래도 코 교정 같은 성형수술은, 다행히 아무도 생각하지 못하던 시절이었지요.

사춘기가 힘들 수 있어요. 힘든 시기죠. 사실 힘이 드는 게 맞아요. 그래도 달리 생각하면 멋지고 아름답고 자유로운 시간이에요. 아직 세상은 넓고 광활하며 희망과 꿈이 있으니까요. 우리는 이 세상에 단 하나밖에 없는 특별하고 멋진 존재랍니다. 세상 모든 사람이 똑같은 얼굴이라면 그 세상이 과연 아름다울까요? 용기를 내세요. 목소리를 높이고 특별한 사람이 되는 거예요.

젊음의 세상을 사랑하세요. 움츠러들지 말아요. 세상을 따라 하지도 말아요. 지금의 자신에게 당당하세요. 그리고 늘 가슴에 새겨요. 어린 왕자의 이 말을.

"잘 보려면 마음으로 보아야 해. 가장 중요한 것은 눈에는 보이지 않거든."

자기 자신이 되는 거예요. 자신에게 다정하고 남들에게도 친절하세요. 따뜻한 마음과 활짝 열린 마음으로 자유롭게 사는 거예요.

야나 프라이

갈매나무 청소년 문학 시리즈

시공간의 제약에서 벗어나 온전히 다른 세상을 경험할 기회를 주는 것. 그것이 문학의 힘이라고 생각합니다. 갈매나무 청소년 문학 시리즈에서는 우리 청소년들에게 틀에서 벗어나는 사고력과 상상력을 길러 줄 수 있는 작품들을 소개하고자 합니다. 세상에 대한 관심을 이끌어 낼 이야기와 메시지로 청소년들에게 독서의 즐거움을 선사하겠습니다.

01 세상의 수호자들

시몬 스트랑게르 지음 | 손화수 옮김 | 값 12,000원

★ 2015년 행복한아침독서 청소년(중1~2) 추천도서 선정

"우린 더 좋은 세상을 만들고 싶어. 너도 함께하지 않을래?" 짝사랑 상대에게 잘 보이고 싶은 마음에 새 옷을 사러 쇼핑에 나선 에밀리에. 옷가게에서 마주친 수상한 소년 안토니오를 통해 '세상의 수호자들'을 만난다. 세상의 수호자들은 안토니오가 친구들과 직접 세상을 바꿔 보겠다며 결성한 비밀 클럽. 이들은 새 티셔츠와 달콤한 초콜릿 등의 상품 뒤에 거대 기업에 의해 노예처럼 학대당하는 어린 노동자들이 있다는 사실을 사람들에게 알린다. 클럽에 가입한 에밀리에의 일상 역시 조금씩 변화하기 시작한다!

02 아무에게도 말하지 마!

야나 프라이 지음 | 장혜경 옮김 | 값 11,000원

★ 2016년 학교도서관저널 추천도서 선정

"이 세상에 나 혼자만 버려진 것 같아!" 열여섯 살 새미가 요즘 그렇다. 엄마의 갑작스런 재혼으로 새로 생긴 가족들과 친한 척하기도 싫고, 함께 살던 외할머니, 외할아버지와 헤어지는 것도 싫다. 더구나 유일한 친구 레안더는 새미 마음도 모르고 새미의 짝사랑 카를로타와 사귄다. 모두가 자신에게 등 돌린 것 같은 기분에서 헤어 나오지 못하는 새미! 그를 이해해 주는 사람은 학교 일진 라파엘밖에 없다. 라파엘이 알려주는 폭력의 쾌감이 새미에게 정말 위로가 될 수 있을까?

지혜와 교양 시리즈

지혜와 교양 시리즈는 교양인으로서 살아가는 데 꼭 필요하고 알아야 하는 지식과 정보를 어렵거나 딱딱하지 않게, 청소년의 눈높이에 맞춰 친절하고 감각적인 텍스트로 전달하고자 합니다.

소행성 적인가 친구인가
우주로부터 오는 위험과 기회를 바라보는 방식
플로리안 프라이슈테터 지음 | 유영미 옮김 | 값 15,000원

★ 2016년 한국출판문화산업진흥원 청소년 추천도서

구봉구는 어쩌다 수학을 좋아하게 되었나
이상하고 규칙적인 수학 마을로 가는 안내서
민성혜 지음 | 배수경 감수 | 값 13,000원

★ 2016년 행복한아침독서 청소년(중1~2) 추천도서 선정
★ 2015년 한국어린이교육문화연구원 으뜸책 선정

십대에게 들려주고 싶은 밤하늘 이야기
에밀리 윈터번 지음 | 이충호 옮김 | 값 15,000원

★ 2015년 한국과학창의재단 우수과학도서 선정

초파리
생물학과 유전학의 역사를 바꾼 숨은 주인공
마틴 브룩스 지음 | 이충호 옮김 | 값 14,000원

★ 2014년 한국과학창의재단 우수과학도서 선정
★ 2015년 행복한아침독서 청소년(고2~3) 추천도서 선정

예뻐지고 싶어

초판 1쇄 발행 2017년 9월 25일

지은이 • 야나 프라이
옮긴이 • 장혜경

펴낸이 • 박선경
기획/편집 • 김시형, 이지혜, 한상일, 남궁은
마케팅 • 박언경
표지 디자인 • 이든 디자인
표지 일러스트 • 허정은
제작 • 디자인원(031-941-0991)

펴낸곳 • 지상의 책
출판등록 • 2016년 5월 18일 제395-2016-000085호
주소 • 경기도 고양시 덕양구 은빛로 43 은하수빌딩 601호
전화 • (031)967-5596
팩스 • (031)967-5597
블로그 • blog.naver.com/jisangbooks
이메일 • jisangbooks@naver.com
페이스북 • www.facebook.com/jisangbooks

ISBN 979-11-961786-0-4/43850
값 12,000원

이 도서의 국립중앙도서관 출판예정도서목록(CIP)은 서지정보유통지원시스템 홈페이지(http://seoji.nl.go.kr)와 국가자료공동목록시스템(http://www.nl.go.kr/kolisnet)에서 이용하실 수 있습니다.(CIP제어번호: CIP2017022812)